Über dieses Buch

Im Landhaus einer amerikanischen Familie wird die Hochzeit der ältesten Tochter gefeiert. Alles verläuft im herkömmlichen Rahmen: eine Fülle von Blumen, die Braut am Arm des Vaters, Hochzeitsmarsch, Trauzeuge und Brautjungfer, die Trauformel des Pfarrers, Trinkspruch und Hochzeitskuchen. In dieser angenehmen Atmosphäre von Ordnung, Tradition und Wohlhabenheit scheint das junge und hübsche Brautpaar gesichert zu sein gegenüber den Fährnissen und Unvollkommenheiten eines künftigen Alltags. Doch keiner der Anwesenden kann sich dem Bann der Trauformel ». . . in guten wie in bösen Tagen« entziehen. Gedanken und Empfindungen der Hochzeitsgäste verdichten sich zu einem erregenden Panorama menschlicher Schicksale. Während die Älteren sich noch einmal an die »Kreuzwege« ihres eigenen Lebens erinnern, an ihr Versagen und Bewähren, an Erfolge und Enttäuschungen, hoffen die Jüngeren auf ein eigenes »großes Lebensglück«. Mit instinktivem Einfühlungsvermögen versteht es Anne Morrow Lindbergh, Konflikte und Probleme dieser Menschen beispielhaft zu deuten.

Anne Morrow Lindbergh:
Die Hochzeit

Deutscher
Taschenbuch
Verlag

Von Anne Morrow Lindbergh
ist im Deutschen Taschenbuch Verlag erschienen:
Muscheln in meiner Hand (64)

Ungekürzte Ausgabe
1. Auflage Dezember 1964
5. Auflage April 1973: 61. bis 70. Tausend
Deutscher Taschenbuch Verlag GmbH & Co. KG,
München
Lizenzausgabe des Verlages R. Piper & Co., München

Titel der Originalausgabe: ›Dearly Beloved‹
Deutsch von Maria Wolff
Umschlaggestaltung: Celestino Piatti
Gesamtherstellung: C. H. Beck'sche Buchdruckerei,
Nördlingen
Printed in Germany · ISBN 3-423-00258-1

Inhalt

Zuvor

Geliebte im Herrn – wieder zu spät!

Deborah zog das Seidenpapier aus den Ärmeln ihres neuen Kleides. Schon halb vier, und sie war noch nicht umgezogen – zur Hochzeit der eigenen Tochter. John würde wütend sein. So ein pünktlicher Mann, immer ärgerte er sich über ihr Getrödel. In all den langen Jahren ihrer Ehe hatte er sich noch nicht daran gewöhnt. Und niemals schien sie ihre Zeit einteilen zu können – nicht einmal heute, an Sallys Hochzeitstag.

Geliebte im Herrn! Deborah hatte den Trauungstext so oft durchgelesen, daß sie diese Formel einfach nicht mehr los wurde, ja daß sie ihr wie ein sanfter Fluch in der Aufregung den ganzen Tag über herausplatzte.

Wohin war er entschwunden, der Tag? Frühstück. Das lag so weit zurück, daß sie sich kaum mehr daran erinnern konnte. Sally hatte sie selbstverständlich schlafen lassen, an ihrem Hochzeitsmorgen. Die anderen Kinder waren spät und ziemlich verstört heruntergekommen, Susie weinerlich, Ted mit Nasenbluten. Jake war überhaupt nicht erschienen, daran war die Party von gestern abend schuld. Sie saßen noch am Frühstückstisch, als die Lieferwagen mit den Blumen und dem Hochzeitskuchen eintrafen.

Und dann kamen alle auf einmal: Henrietta, die in der Küche helfen wollte – schließlich die eigene Schwester, das war nicht so schlimm. Aber auch Freunde von Sally, die in der letzten Minute Hochzeitsgeschenke brachten, und einer der Musiker, der die Notenpulte aufstellte. Und dann – ja, dann war es John eingefallen, sie in sein Arbeitszimmer zu holen und zu fragen, ob sie eigentlich eine Ahnung habe, was das alles kosten würde? Als ob sie sich in einem solchen Augenblick hinsetzen und rechnen könnte, mit all den Leuten, die ein und aus liefen, und dem schrillenden Telefon.

Den Anruf hätte Jake annehmen sollen, aber der hatte sich im zweiten Stock mit seinem Saxophon eingeschlossen. Sie konnte ihn jetzt hören, wie er sich oben zur Trauung seiner Schwester umzog und dazwischen immer wieder den Hochzeitsmarsch übte. Nein, es war gar nicht der Hochzeitsmarsch. Auf halbem Weg zur Kommode blieb sie stehen und lauschte dem klagenden Blöken des Saxophons, das wie in trunkener Verzweiflung die Tonleiter hinunterkollerte. Nein, das war – um Himmels willen – Chopins Trauermarsch! Er muß verrückt sein, ach nein, nur ein dummer Junge.

Deborah riß die oberste Schublade der alten Mahagonikommode ihrer Mutter auf und nahm sich ein Taschentuch.

Es tut ihm wohl auch leid, daß er sie verliert, dachte sie. Trotz all seinem Gewitzel und seiner Burschikosität stand er ihr doch am nächsten. Es war der erste Bruch in der Familie. Sally würde nun nicht mehr zu ihnen gehören. Sie würde Mark gehören – Marks Frau sein.

Oh, *Geliebte im Herrn!* Sally eine Ehefrau, Mark ein Ehemann. Deborah konnte es nicht fassen, konnte nicht einmal daran denken. Ihre Gedanken scheuten davor zurück wie ein unruhiges Pferd.

Sie schob die Kommodenschublade heftig zurück. Sie klemmte immer. So lange sie denken konnte, klemmte diese Schublade in der Jahreszeit, in der »die Rosenknospen frieren«. Das war schon so, als sie ein Kind war (»lauf', hol' mir ein Taschentuch, Liebling, aus meiner obersten Kommodenschublade«) und noch Mutters feine Linontaschentücher und weiße Glacéhandschuhe und Spitzenkrägen darin lagen, alles in säuberlichen Bündeln, einen schwachen Duft von »Rose-Geranium« verströmend.

Wenn nur Mutter heute hier wäre! Natürlich nicht in ihrem jetzigen Zustand, krank und der Sprache beraubt, sondern so, wie sie früher gewesen war, energisch und lebensbejahend. Wenn Mutter hier wäre, dachte Deborah, würde alles anders sein. Dann würde sie sich, auch als Brautmutter, noch jung vorkommen, noch das Gefühl haben, daß ihr eine Menge Leben verbliebe, nachdem die Tochter verheiratet war. So aber fühlte sie sich schon fast dem Grabe nah. Nein, nicht ganz. Aber am oberen Ende einer spiegelglatten Rutschbahn. Sie wehrte sich gegen diese Schußfahrt in die Tiefe, ein unbestimmter Groll stieg in ihr auf, als gebe ihr jemand einen Schubs.

War das John, der von der Haustür heraufpfiff? Man konnte sich darauf verlassen, John jedenfalls würde fertig sein. War jemand gekommen?

Deborah lief in Strümpfen zum Fenster und spähte durch den Rolladen hinunter auf den flirrenden Kies der Einfahrt. Nein, nur der Wagen des Pfarrers und Vaters Wagen. Es war erstaunlich friedlich draußen, ein ganz gewöhnlicher Vorort-Junitag. Ein Vogel flötete unbekümmert sein Lied, wiederholte jeden Triller, als stehe ihm unbegrenzte Zeit zur Verfügung.

»Ich komme sofort, John«, rief sie in die sonnige Stille.

Weshalb mußte die Mutter der Braut eigentlich unter der Tür stehen? Es gab tausend andere Orte, an denen sie sich aufhalten sollte. Im Wohnzimmer, um nachzuschauen, ob alles da war. Nun ertönte gedämpfter Lärm im Parterre. Irgend jemand rückte noch immer Stühle. Oder – dieses dumpfe Rollen – waren das Blumenkübel? Und was spielt sich in der Küche ab? Kaffeeduft wehte durch das Fenster herein. Saßen sie alle um den Tisch, um sich für die Trauung zu stärken?

Aber Sally, ja, das war das Wichtigste – sie sollte bei Sally sein. Wenn sie sich beeilte (dabei steckte sie die Amethystnadel ihrer Mutter am Kleid fest), könnte sie auf dem Weg nach unten noch rasch einmal den Schleier ansehen. Das Bandeau war immer noch etwas plump. Diese beiden gebogenen Flügel – ein wenig wie bei einer Walküre. Sie hatte angefangen, mit der Nagelschere von Sallys Toilettentisch, der einzigen, die sie finden konnte, an den Federn herumzuschnipseln. Wo waren nur all die anderen Scheren? Vermutlich zum Öffnen der Hochzeitsgeschenke benutzt und dann nicht mehr an ihren Platz gelegt worden. Zu lästig, etwas suchen zu müssen! Man hatte dann keine richtige Ruhe mehr – wie wenn einem nachts ein Moskito um den Kopf surrt –, bis man es wieder gefunden hatte. Dabei war sie doch gar nicht unordentlich. Deborah war gereizt. In ihrer Familie wurde man zur Ordnung erzogen. Sie legte alles wieder an seinen Platz, jedenfalls meistens.

Aber Sallys Zimmer – so ein Durcheinander – nichts konnte man finden. Genau wie ihr Zimmer im College. Und Chrissie war da auch nicht gerade die ideale Zimmergenossin. Wie brachten es diese Mädchen nur fertig, da zu schlafen oder sich auch nur am Abend einen Weg durch das Chaos zu bahnen? Es schien sie überhaupt nicht zu stören. Sally stürzte einfach hinaus und ließ alles liegen, wo es lag. Selbst heute.

Nun, *heute* – Deborah stockte – vielleicht konnte sie auf dem Weg nach unten rasch aufräumen. Nein, dazu würde ihr keine Zeit bleiben. Später vielleicht, nach der Trauung, wenn alles vorbei war.

Jetzt lag alles noch vor ihr, wie eine lange Skiabfahrt. Sie hatte das gleiche Gefühl wie auf einem Berggipfel, ihre Knie zitterten ein wenig aus Angst vor dem steilen Hang. Welch lange

Strecke! Und was für unbekannte Gefahren drohten auf dieser Fahrt, ehe man ans sichere Ziel gelangte. Welch eine Ewigkeit, bis dieser Tag zu Ende geht!

Würde sie alles richtig machen, alles ohne zu weinen hinter sich bringen? Wie entsetzlich, wenn sie mittendrin, vor allen Anwesenden, die Fassung verlöre! Mutter würde das niemals passieren, auch Großmama nicht.

Deborah blickte zu dem alten Portrait über dem Kaminsims auf. »Ein langes Leben der Selbstbeherrschung«, hatte Mutter einmal rühmend von Großmama gesagt. Unerschütterlich, schön, aber ziemlich streng wirkte Großmama in ihrem Fischbein-Stehkragen. Heute beneidete Deborah sie um diese unerschütterliche Haltung. Nicht, daß sie jemals wirklich die Haltung verlöre. Niemals ein Glas zu viel oder so. Nicht wie Marks Vater – jedenfalls hieß es immer, Stephen würde trinken. Arme Frances! – Ob sie ihren Mann im Zaum halten konnte, ob sie es fertigbrachte, daß er heute nachmittag nüchtern blieb? Es gab natürlich Champagner. John würde sich darum kümmern müssen, obgleich er selbst nie trank und es eigentlich mißbilligte. Nein, das ging nicht, es könnte ihm die Laune verderben.

Dann also Vater – Vater konnte alles. Er war anders als alle anderen Männer, die sie kannte. Immer heiter, sogar heute – sogar ohne Mutter. Wie machte er das nur? Kam das vielleicht mit dem Alter? Dann sollte sie es auch bald fertigbringen. »Die Mutter der Braut«. Das klang nach den Gesellschaftsspalten einer Zeitung: »die Mutter der Braut«. Meist trug diese Spitzen oder irgend etwas Weiches, vielleicht grauen Chiffon, der älteren Frauen schmeichelte.

Aber so weit war es wirklich noch nicht mit ihr.

Deborah blickte in den Spiegel und wischte ein wenig fahrig mit der Puderquaste über die Nase und über die Schatten unter den Augen. Ihr Haar war immer noch braun, nur am Scheitel ein klein wenig grau. Und ihre Figur war recht passabel, nach vier Kindern.

Sie richtete sich auf, zog den Bauch ein, band die Schärpe um ihre Taille noch einmal fester und betrachtete das Kleid, das sie mit so viel Sorgfalt gewählt hatte. Bedruckte Seide, hingetupfte Feldblumen, ein dezentes Muster nach dem Verhüllungsprinzip, das Mutter ihr beigebracht hatte. Es betonte die Figur nicht. Gar nicht so übel, dachte Deborah, nur an den kurzen Rock mußte sie sich noch gewöhnen. Sie konnte tun, was sie wollte, sie sah einfach nie chic aus. Nicht wie Marks Mutter.

Frances würde aussehen wie ein Bild aus einer Modezeitschrift und das trotz ihrem grauen Haar. Vielleicht lag es am Make-up.

Deborah schminkte sich die Lippen. Ob sie jemanden küssen würde? Wahrscheinlich nicht. Bei Henriettas Hochzeit hatte sie es natürlich getan, aber das lag schon so lange zurück. Fünfzehn Jahre, nicht wahr, daß Henrietta und Don geheiratet hatten? Sie war Ehrendame gewesen. Damals war sie die Älteste; Agnes war gestorben. Und Agnes' Hochzeit, das lag noch weiter zurück, vor ihrer eigenen. Wie schön war Agnes gewesen, die einzige wirkliche Schönheit der Familie. Sie und Henrietta waren nur »nette frische Mädels«, wie Vater immer sagte. Aber Agnes war schön – wie Sally, eine blonde Botticelli-Schönheit, zart wie eine Brombeerblüte oder eine Akelei.

Deborah biß sich auf die Lippe – der Brautstrauß, das war's, was ihr keine Ruhe ließ. Die weiße Akelei sah jetzt schon welk aus. Im Eisschrank war kein Platz mehr dafür, neben dem Champagner und dem Hochzeitskuchen und den belegten Brötchen, die Sigrid gemacht hatte.

War das schon wieder das Saxophon? Sie mußte dafür sorgen, daß Jake aufhörte, ehe die Gäste erschienen. Was würden die denken, wenn sie zur Tür hereinkamen und Chopins Trauermarsch hörten?

Nein – es war nicht das Saxophon, das waren die Musiker im Wohnzimmer, die ihre Instrumente stimmten. Sie konnte hören, wie die Geige den richtigen Ton suchte. Ob die Musik zu sentimental war? Man hätte wirklich Marks Onkel Albert um Rat fragen können. Er war der Musiker in der Familie, eine wirkliche Autorität – alle nannten ihn »Maestro«. Würde er gekränkt sein?

Nun, jetzt war es zu spät.

Und schließlich war es Sallys Hochzeit, die Hochzeit ihrer Tochter Sally. Deborah rief sich zur Ordnung. Sie durfte jetzt nicht an Alberts Empfindsamkeit oder an den überfüllten Eisschrank denken. Sie hatte anderes zu tun. Aber bis zu diesem anderen konnte sie offenbar nicht vordringen. All die Kleinigkeiten hielten sie wie eine Dornenhecke vom Wesentlichen fern – fern von dem, was sie wirklich empfand. Kaum hatte sie eine Kleinigkeit aus dem Wege geschafft, schnellte schon eine andere hoch und nahm deren Platz ein, ein neuer Dorn stach sie: das Saxophon, der Brautschleier, die unauffindbaren Scheren, die welkende Akelei.

Fast war es, als versuche sie, *nicht* zu denken, als wehre sie irgendeine Erkenntnis ab, als wolle sie dafür Beherrschung eintauschen. Aber am Ende bekam einen das Wesentliche immer beim Wickel. Plötzlich sah man sich damit konfrontiert und hatte mit den Tränen zu kämpfen. Sie kannte das von früher her, von Henriettas Hochzeit, von Agnes' Beerdigung.

Ein Klopfen an der Tür, zögernd, doch fest, das Klopfen eines Kindes. Es war Susie, die Jungen wären einfach hereingeplatzt.

»Ja, Liebes?«

Susie sah sehr süß aus in diesem gelben Smokkleid, wie einem altmodischen Bilderbuch entstiegen. Schließlich, dachte Deborah, kann ich nicht *zu* alt sein, wenn ich ein achtjähriges Kind habe.

»Sally hat gesagt, du sollst bitte sofort kommen und ihr Bandeau anschauen.«

Ah, Sally brauchte sie! Noch brauchte Sally sie. Sie mußte zu ihr.

Dieses Zimmer war jedenfalls aufgeräumt. Der Anblick beruhigte sie: ihr Bett, eine kühle Grotte im Schatten des Baldachins. Ihre Bücher, Reihe um Reihe bis hinauf zur Decke, wie eine alte Steinmauer, eine Eckfestung. Ihr Schreibtisch mit seinen säuberlich geordneten Fächern. Ihr Kaminsims mit dem Geißblatt und den Rosen in vollkommener Symmetrie an beiden Ecken, und darüber Großmamas Portrait. Ja, jetzt hatte sie sich gefaßt. Das Zimmer hielt sie umfangen, ein stiller Port der Ruhe und Sicherheit. Wie lange mochte es dauern, bis sie den ruhigen Hafen wieder aufsuchen konnte?

Draußen auf der Diele war es mit der Ruhe schon vorbei. Von unten hörte man Schritte und Türenschlagen; aus der Anrichte drangen Stimmen und Telefongebimmel.

Vor der offenen Tür zum Zimmer ihrer Tochter hielt Deborah inne. Sally stand mit dem Rücken zu ihr vor dem langen Badezimmerspiegel. Chrissie lag auf den Knien und zupfte Sallys Unterrock zurecht, ihr eigenes Brautjungfernkleid bauschte sich auf dem Fußboden.

»Sally!«

Nun wandte sich Sally um und sah die Mutter an. Steif wie eine Tulpe stand sie da, die winzige Taille von elfenbeinfarbenem Taft umspannt. Faltenlos das Oberteil über den jungen Brüsten, der Rock abstehend wie der einer Ballerina.

Schwanensee, dachte Deborah, brachte aber kein Wort hervor. Unter dem gefiederten Stirnband hielt Sally den blonden Kopf sehr aufrecht. Ihr Gesicht war ernst, aber gerötet. Die Mutter starrte sie sprachlos an.

Sie kommt mir vor wie eine Fremde, dachte Deborah, oder – nein, wie Agnes vor Jahren. Und doch hat sie noch das Kleinkindergesicht, sieht so aus wie mit acht, als sie meine Kleider anzog. Oder erinnert sie mich an die Schneekönigin aus dem Märchen?

Von der Einfahrt her hörte man plötzlich Kies aufspritzen, und wieder ertönte Johns Pfiff, durchdringend und befehlend.

Die drei Frauen verharrten, erstarrten in einem Augenblick des Zögerns, der der Tat vorausgeht. Diesem Augenblick konnte nur die Tat folgen. Hochoben auf einem sich türmenden Wogenkamm kurz vor dem Sturz in einen tausendfach zersplitternden, in alle Himmelsrichtungen versprühenden Aufruhr. Doch dies war der Moment regungslosen Verharrens, des Verhaltens vor dem Sprung in die Tiefe. Warte – oh, warte noch!

»Debby!« Johns energischer Ruf von der Haustür her brachte Bewegung in sie alle.

»Oh, Sally!« Deborah trat auf ihre Tochter zu, küßte sie sanft auf die Stirn, hielt einen Augenblick inne und sah ihr forschend, beinahe flehend in die weitgeöffneten Augen.

Gab es nichts, was sie in diesem Augenblick sagen konnte, von Mutter zu Tochter, etwas Wesentliches? Auch Sally schien zu flehen, hinter ihrer Schneeköniginnenpose um Zuspruch zu bitten.

»Dein Vater wird heraufkommen –«, sprudelte Deborah hastig hervor. Mehr konnte sie nicht sagen. Die Abschiedsworte kamen nie im richtigen Augenblick. Fände sich noch ein Augenblick, vielleicht nach der Trauung? Sie brauchte immer eine zweite Gelegenheit. Das Wesentliche blieb stets ungesagt.

Vielleicht konnte sie sich nach dem Essen, wenn Sally sich umzog, unbemerkt davonstehlen. Ein kleiner Trost. Sie wandte sich um und eilte ins Treppenhaus. Jetzt hörte man Schritte auf dem Kies. Stimmen, eine Wagentür wurde laut zugeschlagen. Deborah eilte auf ihren hohen Absätzen klappernd die Treppe hinunter.

Geliebte im Herrn, wir haben uns hier versammelt ... »John – oh, John!«

Das große Wohnzimmer war in festliches Licht getaucht. Kletterrosenbüsche in Kübeln verdeckten die hohen französischen Fenster, auf den Tischen neigten voll erblühte Paeonien die schweren Köpfe, erfüllten den Raum mit rosa und rotem Lodern, das sich wiederholte im schimmernden Blust der Chintzvorhänge und Sesselbezüge, im roten Mantel des Portraits über dem Kaminsims, hier in einem geblümten Kleid, dort in einem mit Rosen garnierten Hut. Über die Gesichter der Menschen breitete sich ein feuriger Glanz. Alles war wie von Blütenhauch gestreift. Vor allem aber – in den Blumen fand der festliche Anlaß seine vollkommene Entsprechung: ihre rosige Glut, ihre vom Frühregen betaute Frische, ihr Knospen, ihr berstendes Erblühen, ihr Sich-Entfalten, ihr Überborden in hochzeitlicher Erwartung. *Da ist er*, schienen sie zu winken, *da ist der Juni*, *da ist das Leben*, *Schönheit*, *Liebe!*

Wem blühten und winkten sie? Dem Brautpaar? Im Mittelpunkt des Geschehens – was konnten sie sehen, zu was herangewinkt werden? Das alles blühte und winkte für die Außenseiter, die Zuschauer, die Gäste. Bebende Hochzeitsstimmung pulste im erwartungsvollen Summen der Unterhaltung, im leisen Lachen, in geflüsterten Begrüßungen.

Da ist Deborah, das süße Ding. Brautmutter und noch so jung. Und daneben ihre Schwester. Es ist, als hätten Henrietta und Don erst gestern geheiratet. Sally streute Blumen, erinnert ihr euch? Ich sehe sie noch vor mir – einfach nicht zu fassen, daß sie heute Braut ist. Wie die Zeit vergeht!

Der alte Mr. Gardiner hält sich aber recht gut, wenn man bedenkt – Sie wissen doch, seine Frau liegt im Sterben! Keine Besserung zu erhoffen, soviel ich höre. Eigentlich verwunderlich, daß die Hochzeit überhaupt stattfindet. Aber heutzutage können die Jungen ja nicht warten. Wozu die Eile? Ich sage immer, man ist eine lange Zeit verheiratet.

Die Mutter des Bräutigams sieht nett aus, finden Sie nicht? Aber wie kann man sich zur Hochzeit des Sohnes schwarz anziehen? Oder ist es dunkelblau? Jedenfalls sieht sie nett aus. Ich sage immer, wenn der Bräutigam eine nette Mutter hat – –

Aber sein Vater – da drüben spricht er mit Don – sieht verlebt aus, finden Sie nicht auch? Aber ein schöner Mann, was? Schlägt seiner Mutter nach.

Die alte Dame sitzt auf dem Sofa. Nicht gleich hinsehen, aber wo hat sie diesen Hut her? Finde ich unpassend für die Hochzeit des Enkels. Vielleicht bin ich altmodisch, aber –

Sallys Tante Harriet ist das genaue Gegenteil, nicht? Muß mindestens achtzig sein. Hat nie geheiratet – dreimal Brautjungfer, Sie wissen ja.

Wer ist denn heute Brautjungfer? – Chrissie? Da drüben flirtet sie mit dem dunkelhaarigen jungen Mann. Er muß der Trauzeuge sein. Kam eigens zur Hochzeit von Frankreich herüber. Romantisch, was? Nun, Hochzeiten haben so etwas an sich.

Ich kann den Vater der Braut nirgends sehen. Klappt irgend etwas nicht? Hat der Bräutigam vielleicht den Ring vergessen oder – ich war mal bei einer Hochzeit – nein, meine Liebe, er erschien einfach nicht!

Wir warteten und warteten. Ich sage ja immer, Hochzeiten sind eine solche Anstrengung für alle Beteiligten!

Vier Uhr, und der Maestro war noch nicht da. Deborah hielt besorgt Ausschau unter den Gästen. Alle waren da außer Albert. Man konnte schlecht ohne ihn anfangen – Marks Onkel, und dazu so ein prominenter Mann. Aber wie lange sollte man noch warten? Der Pfarrer mußte seinen Zug erreichen, und die Musiker scharrten schon mit den Stühlen.

Die Musik kann einstweilen beginnen, dachte sie und sah sich nach jemandem um, den sie zu den Musikern schicken könnte. Aber welches Stück? Bach und Händel mußten für den Gottesdienst aufgespart bleiben. Und überhaupt durfte nichts zu Anspruchsvolles kommen. Vielleicht die ›Kleine Nachtmusik‹?

Ah, die Musik hatte begonnen! Die Unterhaltung verebbte in einem Seufzen wie Abendwind in den Bäumen. Nur ein raschelndes Geflüster blieb zurück. Nun wandten sich alle Blätter in eine Richtung, von der Brise dieser Musik bewegt. Endlich die Musik!

Es fing also an. Die Gäste konnten aufhören zu reden, die Fäden des Gesprächs fallen lassen – welche Wohltat –, die Fäden, die einen Menschen an den andern binden. Sie hatten die festgelegten Figuren der Tanzschulenschritte auf einem Quadratmeter Fußboden hinter sich gebracht: vor, zur Seite, zurück, ohne daß sie von der Stelle kamen, diese zögernden Schritte, weil die Schritte, auf die sie alle warteten, die einzigen Schritte, auf die es ankam, zum Altar führten.

Aber nun, mit dem Einsetzen der Musik, war das Muster der Figuren unterbrochen. Die Tänzer hatten sich voneinander gelöst. Sie brauchten einander nicht mehr anzusehen, konnten Hände, Worte, Blicke voneinander lösen. Jeder konnte sich auf sich zurückziehen, jeder stand allein, eingetaucht in die Musik, unsichtbar in der Musik, befreit in der Musik.

Erst als die Musiker mit dem Mozart fertig waren und »Der Herr ist mein getreuer Hirte« intonierten, ging eine leise Erregung durch den Raum wie das Umschlagen des Windes, das die Wasserfläche kräuselt und das Gewitter ankündigt. Die Gäste bewegten sich wie unruhige Schläfer, während sie die Störung wahrnahmen und dann zu ignorieren versuchten. Als die gedämpften Stimmen den Treppenabsatz erreichten, wußten alle, wer gekommen war.

Muß der Maestro sein. Habe ihn natürlich schon bei Konzerten gesehen. Diese weiße Mähne ist unverkennbar. Und dazu die Gallatin-Nase. Ist das seine dritte oder vierte Frau? Ja, ja, manche werden niemals klug.

Steifheit bemächtigte sich der Versammlung. Es war, wie wenn in einer Lösung sich plötzlich Kristalle bilden. Das Wohnzimmer des Landhauses wurde zur Empfangshalle, beinahe zu einer Kirche. Die Gäste, die sich während der Musik ihrer Umgebung, ja ihrer selbst nicht bewußt gewesen waren, besannen sich mit einemmal auf die Platzordnung. Sollten sie hier oder dort stehen? Wohin würde der Maestro sich wenden? Zur Brautmutter? Verlegen blickte man um sich. Langsam kam Bewegung in die Gruppen, wechselte man die Plätze, bildete ein Spalier für die Braut und den Bräutigam. Selbst die Musik, die leicht und anmutig gewesen war, ging in einen feierlich getragenen Rhythmus über.

Der Maestro, noch umspült von der Unruhe, die sein Erscheinen hervorgerufen hatte, schritt würdevoll auf das Sofa zu, um seine Mutter zu begrüßen. Der alte Mr. Gardiner erhob sich und trat ihm seinen Platz ab. Er hatte seine Pflicht erfüllt und konnte sich nun zu seiner eigenen Familie begeben, zu Deborah oder vielleicht zu Henrietta. Dort würde er endlich ungestört an seine Frau denken können, die krank zu Hause lag, aber im Geist bei ihm war. Suzannah, wandte er sich stumm an sie, es fängt an; unser Enkelkind wird nun gleich getraut.

Kaum war es wieder still im Raum, ertönte das gedämpfte Geräusch von Schritten. Mark und der Pfarrer – mit Vorbedacht den Gleichschritt eines Opernauftritts vermeidend, aber entschlossen, die Angelegenheit hinter sich zu bringen – kamen die Stufen zur Diele hinunter und durch den Gang, den die beiden Gruppen freigelassen hatten. Sie postierten sich vor dem Fenster am anderen Ende des Wohnzimmers, geflissentlich einen Raum voller Gäste übersehend, die verstohlen den Blick auf sie richteten.

Da, der Bräutigam – der Bräutigam ist da!

Mark! dachte Frances und sah auf das Halbprofil ihres Sohnes, das dunkle Haar und die geröteten Wangen. Wie hübsch er ist, wie hübsch. Sie sah ihn noch immer an, als die übrige Gesellschaft schon längst zum Treppenabsatz hinüberblickte.

Die Musik, nun leise, verflüchtigte sich wie Klänge in einem Traum, die Flöte kristallklar, aber wie aus weiter Ferne. Denn die Braut – Frances las es am Muskelspiel in Marks Gesicht – die Braut erschien.

Der Hochzeitsmarsch – da war er, gewichtig wie ein Plüschteppich, der vor ihnen aufgerollt wurde. Darüber schwebte, vorsichtig, als folge sie einem schmalen Pfad, die Braut am Arm ihres Vaters. Ihr Schleier, ganz Geißblatt und Morgennebel, bewegte sich kaum, eine kleine, der Brandung zutreibende Schaumkrone. Der Vater, hochgereckt, machte verhaltene, ruckweise Schritte. Den Blick geradeaus gerichtet, die Gesichter ausdruckslos, bewegte sich das Paar wie schlafwandelnd auf sein Ziel zu.

»Treu-lich geführt.« Alle summten mit, registrierten mit verhaltenem Atem jeden Tritt. Jede Bewegung wurde zur Zeitlupenbewegung, jede Note zum Ton eines Grabgesangs. Akteure wie Zuschauer erlagen einer Verzauberung, in die der Hochzeitsmarsch sie bannte. War es das Bahrtuch der Sterblichkeit, das sich über sie breitete: Zeit, die verrinnt; Menschen, die altern; Leben, das vorübergleitet? Jeder Sekundenschlag des Alltags mahnt so unwiderruflich an die Sterblichkeit wie dieser Moment des Gangs zum Traualtar, und doch verweht die Mahnung so unbemerkt wie ein dürres Blatt, das zu Boden fällt. Wenn der Hochzeitsmarsch dröhnend erklingt, dann setzt das Ticken der Uhr aus, dann schlägt die Stunde. Sterblichkeit hallt durch alle.

Alle kennen das Endziel dieses feierlichen Marschs durch das Spalier der Hochzeitsgäste. Alle marschieren mit, werden in ihn einbezogen, unentrinnbar ein wenig weiter mitgenommen – einen Atemzug näher als zuvor, einen Schritt dem Tode entgegen, ein Stückchen Wegs zur Ewigkeit.

Kein Wunder, daß die Sterblichen, denen dieses Geschick auferlegt ist, unter dieser Last erzittern, sich steifmachen, um sein Gewicht zu tragen, ihre kleine menschliche Gestalt vor der großen unbekannten Form, die es zu füllen gilt, als unzulänglich empfinden. Die durch das Spalier schreiten, sind nicht mehr Einzelmenschen, sie symbolisieren das Menschengeschlecht.

Aber die Hochzeitsgäste mußten nicht an das vorbestimmte Geschick denken, sie konnten sich auf das Paar konzentrieren, das sich auf den Weg machte. Das war leichter. Die Aufmerksamkeit auf diese zu richten, die Gefühle auf sie abzulenken, »treu-lich geführt«. Deshalb waren sie gekommen, darauf hatten sie gewartet: die Blicke wie Brenngläser auf diese beiden jungen Menschen zu richten. Auf dieses Hochzeitskuchenpärchen, das für wenige Sekunden auf eine neue Ebene gehoben wird, konnten sie die schwere Last ihrer Träume und Erinnerungen abladen.

Welch vollkommenes Paar! Welch schöne Braut. Wie sie strahlt in ihrem Brautkleid. Fast kann man sie atmen hören. Muß nervös sein, das arme Kind. Rührt einen zu Tränen. Sieht aus wie ihre Mutter – wie ihre Tante – nein, wie ihre Großmutter. Schön, schön! Wirklich eine vollkommene Braut. Hat der Junge ein Glück!

Nun sind sie schon fast bei Mark. Armer Junge, muß nervös sein. Auch er so hübsch. Diese prachtvollen Schultern. Wie gut er aussieht! Besser als sein Vater, besser als sein Onkel, besser als sein Großvater. Hab' immer gesagt, er sieht von der ganzen Familie am besten aus. Hat das Mädel ein Glück! So verliebt. Sind sie nicht ein vollkommenes Paar. Pst –

Der Hochzeitsmarsch ging ein wenig holprig zu Ende, wie auf Zehenspitzen stahlen sich die letzten Töne davon. Dräuendes Schweigen erfüllte wieder den Raum, schlug gegen Trommelfelle. Nur das Rascheln von Papier war zu hören, als die Musiker ihre Noten auf den Pulten zuklappten, und ein paar unterdrückte Huster und Flüsterworte der Hochzeitsgäste.

Man kann eine Nadel fallen hören, was?

»*Geliebte im Herrn, wir haben uns hier versammelt . . .*«

Der Augenblick, auf den alle gewartet hatten, war gekommen. Alle Fäden wurden in diesem Augenblick vereinigt, straffgezogen, zu einem Knoten äußerster Spannung verknüpft. Dies war der unerträgliche Augenblick. Einer jener Kreuzwege des Lebens, an dem Vergangenheit und Zukunft aufeinandertreffen und verschmelzen zu einem weißglühenden Brennpunkt des Augenblicks, dem der Schmelztiegel des menschlichen Gefühls nicht standzuhalten vermag. Augenblicke wie dieser erfordern einen formvollendeten Rahmen, alt und unveränderlich wie ein gravierter Stein; schön und abgegriffen wie Stein, kalt wie Stein. Aber selbst in Stein ist der Augenblick überwältigend.

Durch die Schlucht der Gegenwart schäumen die angeschwollenen Flüsse der Vergangenheit; eine Flutwelle, steigend, brodelnd, die sich auftuende Kluft des Jetzt überflutend. Wird sie sich brechen? Wird sie die steilen Wände des Nun überspülen? Hier treffen nicht nur die Zeiten zusammen, sondern auch menschliches Leben und Gefühl und Persönlichkeit. Das Nun, symbolisiert im schmalen Hals des Stundenglases, ist nur wie eine Linse, in der die Strahlen sich bündeln. Jeder Mensch ist eine Linse für Strahlen aus Vergangenheit und Zukunft. Menschliche Erbanlagen, menschlicher Haß, Liebe und Schicksale, menschliche Fehler und Hoffnungen und Erinnerungen treffen bei jeder Hochzeit in jedem menschlichen Gefäß zusammen. Wird es zerspringen? Wird sie zersplittern, die zerbrechliche Linse des Individuums?

In blindem Selbsterhaltungstrieb schirmten sich einige der Hochzeitsgäste gegen die heftigen Strahlen des Augenblicks ab. Zu heftig waren sie für John, für Albert, für Henrietta, für Harriet. Zu reißend war die Strömung, als daß sie sich ihr öffneten, sich ihr aussetzten und sich von ihr zerschmettern ließen – sie, die Starken, die Gewappneten, die Unverletzbaren. Gebietet ihr Einhalt, verbindet die Augen, verstopft die Ohren, haltet das Herz fest! Laßt nichts einsickern. Verschmiert die Spalten mit Lehm, verrammelt die Tür, schließt die Läden. Macht alle Luken dicht, und es wird vorübergehen – für John, für Albert, für Henrietta, für Harriet. Dies ist der unerträgliche Augenblick, aber er wird vorübergehen. Gottlob, er wird vorübergehen, und alles wird wieder sein wie zuvor.

Aber andere – das gilt für Frances, für Don, für Deborah, für Theodore – können sich dem Leben nie versagen. Mutiger, neugieriger oder lebensgieriger, können sie es nicht ertragen, sich auch nur ein Teilchen davon entgehen zu lassen. In Anbetracht seiner Fülle, seiner Vielfalt, können sie die Augen nicht davor verschließen, nicht die Ohren verstopfen, noch das Herz wappnen. In diesem Augenblick der Betäubung könnte irgendeine Vision aufzucken, die nie wieder zu sehen sein wird – für Frances, für Don, für Deborah, für Theodore. Entriegelt die Tür, reißt die Fenster auf, breitet die Arme weit aus. Laßt es kommen, laßt es hereinströmen, laßt es aufleuchten. Laßt es durch jede Ader strömen. Laßt es das Herz überfluten, taucht Körper und Seele ein. Dies ist der große, der unerträgliche Augenblick. Er wird vorübergehen, oh, allzu rasch wird er vorübergehen. Kostet ihn mit allen Sinnen – er wird vorübergehen, und nichts wird jemals wieder sein wie zuvor.

Deborah

»... vor Gottes Angesicht und vor dieser Gemeinde ...«

Die gesetzte Stimme des Pfarrers bemächtigte sich nun der Trauungszeremonie.

Gottlob – Deborah stieß einen Seufzer der Erleichterung aus – gottlob hatte der Pfarrer die Angelegenheit übernommen. Jetzt würde alles ordnungsgemäß verlaufen. Jetzt hatte er es in der Hand, trug er die Verantwortung. Er würde es zu Ende führen. Sie wußten, wie man solche Dinge handhabte, sie waren sie gewöhnt – die Pfarrer, die Ärzte. Welch eine Erlösung war es, wenn der Arzt zu den kranken Kindern kam. Man brauchte nicht mehr zu überlegen, ob man Aspirin geben oder abwarten sollte. Sie sagten es einem, sie wußten Bescheid. Deborah war sich nie sicher. Stets ein großes Problem, was nun das Richtige war, solange sie noch ganz klein waren oder im Wachsen, ja selbst jetzt noch.

Aber jetzt war es ihr abgenommen. Sally verheiratet – ach, du meine Güte – Sallys Hochzeit. Sie konnte es nicht fassen, konnte es sich nicht einmal vorstellen. Aber da war es, da waren sie. Vor Gottes Angesicht, sagte er, und vor dieser Gemeinde. Sally wurde getraut.

Aber das Schlimmste war vorüber, wiederholte Deborah bei sich. Für sie jedenfalls war das Schlimmste vorüber. Dieser furchtbare Augenblick, als Sally an Johns Arm die Treppe herunterkam. Alles stürmte auf sie ein, alles auf einmal, zu schnell, als daß man es erfassen konnte. Ihr ganzes Leben kam kunterbunt auf sie zu – diese Bilder, eines nach dem anderen, bis sie nicht mehr wußte, welches welches war. Wie eine Galerie von Hochzeitsbildern. Sally als Braut – oder war es Agnes, ihre Schwester Agnes als Braut? Nein, Agnes war tot. Nicht Agnes, Sally. Die Galerie von Hochzeitsbildern in der oberen Diele. Zuerst Mutter, ihre eigene Mutter mit einem steifen weißen *cul* – und jetzt lag sie im Sterben, verließ sie. Auch Sally verließ sie. Agnes, Mutter, Sally: Deborah wollte nicht zurückbleiben. Aber Sally starb nicht, Sally wurde getraut. Sally in ihrem Hochzeitskleid. Sallys Bild würde auf der oberen Diele stehen, neben all den anderen. Neben ihrem eigenen Hochzeitsbild – Deborah sah sich selber als Braut – in dem kurzen Rock. Ein kleines Mädchen war sie damals, älter als Sally, mit dem College fertig, aber doch kaum alt genug, um ein Baby zu haben. Sally, ihr Baby. Sally am Tag ihrer Geburt. Sally als Braut.

Und nun füllten sich Deborahs Augen plötzlich mit Tränen, konnte sie plötzlich nichts mehr sehen. Aber jetzt war es vorbei, wiederholte sie. Sie hatte den Blick abgewandt, auf die Blumen gerichtet, auf den Spiegel, auf die glänzende Glatze des Pfarrers – auf irgend etwas, um nur nicht zu weinen. Jetzt ging alles wieder seinen geregelten Gang. Ein ebener Weg. Sie wußte, wohin er führte, was er bedeutete –

»*. . . diesen Mann und diese Frau zu verbinden . . .*«

Vertraute Stufen des Trauungsgottesdienstes, eine nach der anderen. Sie konnte ihnen beinahe mit abgewandtem Blick folgen, so glatt wie die Steinplatten in ihrem Garten waren sie, ausgetreten. Dennoch zitterte sie bei jedem Schritt ein klein wenig, wie John und Sally beim Gang durch das Spalier. Jeder Schritt war so ungeheuerlich. Würden sie es schaffen? Das war ihre Sorge gewesen. Würde John es schaffen? Armer John!

John! Weshalb armer John? Weshalb sorgte sie sich um *ihn?* Ihr Mann, John – der junge, der starke, der unverletzbare. Aber er sah so fremd aus als Brautvater, mit einem Male alt und steif – oder schrecklich jung und unbeholfen, war es das? Ein schlaksiger Junge, der tapfer den Erwachsenen mimt. Aber er *war* erwachsen, fürchtete sich vor nichts. War es möglich – war auch er verletzbar, manchmal unter diesem Panzer erschüttert?

Heute war alles auf den Kopf gestellt: John ein unbeholfener Knabe, sie selbst ein Teenager im kurzen Rock, Sally ein Baby. Alles wie durch ein Fernrohr – Geburt, Hochzeit, Tod – so schnell, daß man es nicht einfangen konnte. Sie hätte es gern so lange festgehalten, bis sie es deutlich sah. Manchmal erhaschte man ein wahres Bild der Dinge, nur für einen Moment, einen visionären Augenblick lang. Meist flimmerte das Leben, wie ein dilettantisch geklebter Film im Heimkino. Was man eigentlich sehen wollte, fehlte immer im Bildausschnitt.

»*. . . im heiligen Ehestand, der ein ehrbarer Stand ist . . .*«

Sally als Braut – Sally als Neugeborenes. Jener erste Augenblick, als die Schwester den Säugling hereinbrachte. Sie sah es jetzt vor sich, das säuberliche Bündel, das winzige Gesicht mitten darin wie ein Ei im Nest, verblüffend lebendig. Glattes kleines Gesicht, frisch und neu und trotzdem seltsam vertraut. Großmamas Nase, Johns Mund in Miniaturausgabe, aber ganz deutlich. Eine Familiengemme.

Deborah entsann sich, wie sie, noch ganz im verschwimmenden Nebel der weißen Zimmerdecke schwebend, den müden Körper schmerzhaft in einem Krankenhausbett verankert, all ihre Kraft zusammengenommen und immer wieder gefragt hatte: »Ein Mädchen?« Nicht zu fassen. »Ein Mädchen?« Immer wieder hatte die Fremde mit der weißen Haube die richtige Antwort wiederholt, die alltägliche simple Antwort: »Ja, ein reizendes kleines Mädchen.«

Ein Mädchen! Sie, diese neugeborene winzige Tochter, würde das gleiche durchmachen, hatte Deborah damals gedacht. Ob ihre Mutter das auch empfunden hatte? Tochter – Mutter, Mutter – Tochter. Der Kreis hatte sich geschlossen, ein neuer Kreis begann. Dieses neue Leben – was erwartete es? Wohin würde es führen? In diesem Augenblick tat sich die Zukunft vor ihr auf, ein langer Gang mit vielen Türen, der sich in der Ferne verlor, so weit sie sehen konnte, bis er ihren Blicken entschwand. Er verschwamm, wie heute. Man konnte nicht so weit voraussehen, nicht für länger als einen Wimpernschlag.

Und dann, als sie das Baby das nächste Mal brachten, war es anders, erinnerte sie sich. Nicht heiter gelassen, keine Gemme. Nur ein sich windender, brüllender, rotgesichtiger Säugling. Und wie alle anderen Säuglinge – war es wirklich das ihre? – stieß es komische krächzende Laute aus. Gar nicht wie ein Baby, eher wie irgendein Tier – ein Lamm, blökend, Nahrung heischend, Milch. Wie wund ihre Brüste waren! Sie war wieder an das Bett gefesselt, wieder an die Erde. Die Vision war vorüber, der Kampf ums Dasein hatte begonnen.

»*. . . ein ehrbarer Stand, von Gott gestiftet, uns anzuzeigen . . .*«

Was anzuzeigen? fragte sich Deborah. Was stand Sally bevor? Der Gang mit den Türen dehnte sich wieder vor ihr, nur konnte man nicht hinter die Türen sehen. Was würde Sally sehen, fühlen, worüber weinen, wenn sie in diesen ehrenhaften Stand eintrat, den der heilige Paulus anriet? Der Text sagte es nicht. Nicht einmal der heilige Paulus sagte es. Niemand sagt es einem: der Trost, den der Schlaf mit einem anderen spendet; die überraschenden Ängste. Der erste Streit; sie hatte fortlaufen wollen. Glücklicherweise hatte sie es nicht getan ... »*Die nicht eingegangen werden darf unüberlegt oder leichtfertig*«, sagte das Gebetbuch. O nein–

»*... sondern ehrerbietig, weise, bedachtsam, nüchtern und in der Furcht Gottes.*«

Ja, in Furcht und Zittern war sie vor langer Zeit in den Stand der Ehe getreten. Und jetzt zitterte sie wieder, um Sally. Viel zu jung zum Heiraten. Die Unschuldigen, die mit den Kindergesichtern – sie sahen abgeklärt und weise aus, aber was wußten sie? Behütet und verhätschelt, in Decken gehüllt, waren sie nicht gerüstet hinauszugehen in die Plage, die Enttäuschung, die Banalität des Lebens.

Aber was konnte man tun? Sie schützen und zurückhalten? Sie am Leben und Wachsen hindern?

Das konnte man nicht tun. Man mußte sie einfach blind hinausschicken. Blind wie ein Neugeborenes – verschlossene Knospe der Augen. Enzianknospen hatte ihr jemand zu Sallys Geburt geschickt, die Kelche fest geschlossen wie die Augen eines Jünglings und von derselben Farbe wie Sallys Augen. Blauer Enzian hätte im Brautbukett sein müssen. Zu schade, daß sie nicht daran gedacht hatte. Enzianknospen. Sie rührten einen zu Tränen, die Babys und die Bräute. Sie wollte die Arme um Sally schließen – oder um sich selbst, um das Mädchen, das sie als Braut gewesen war? Sie trösten, ihr sagen: »Glaube, Liebes, glaube mir, es ist nicht alles schrecklich hier.«

Schrecklich? Deborah stockte. Was war so schrecklich? Das Leben? Die Ehe? Was meinte sie? Woher stammten diese Zeilen? Aus dem Flickensack ihrer Gedanken, aus dieser unaufgeräumten Schublade in ihrem Kopf, die angefüllt war mit Fetzen und wirren Bändern.

Oh, nun fiel es ihr wieder ein, das Gedicht an Persephone: »Nimm ihren Kopf auf deine Knie«, eine flehentliche Bitte an die Königin der Unterwelt um Trost für eine Neuangekommene (»Sie, die so stolz und ungebärdig«), für ein Mädchen, das jung gestorben war. Agnes war jung gestorben. Sie dachte an Agnes, nicht an Sally, die getraut wurde. Wie ging es nur weiter? »Nun ein klein verloren Kind, in der Hölle ausgesetzt.«

In der Hölle ausgesetzt? Hochzeit – Ehe – Hölle? Deborah fühlte, wie sie errötete. Sie warf verstohlene Blicke auf die Umstehenden – hatten sie ihre Gedanken erraten?

Die Gesichter der Hochzeitsgäste waren verklärt, ihr Ausdruck verzückt. Keine aufrührerischen Gedanken, keine unaufgeräumten Schubladen. Sie folgten der Trauung, als gebe es für sie keine Zweifel. Die Ehe war ein heiliger Stand. Glückselig, nichts, was man zu fürchten hatte. Sally ging nicht in die Hölle, sondern in die vom heiligen Paulus angeratene Ehe ein, ein Grund zur Freude, ehrenwert unter den Menschen.

(»Das sind sic alle, alle ehrenwert«, hörte sie es hallen.)

Schließlich, war denn ihre Ehe nicht glücklich gewesen?

Natürlich, natürlich war sie es gewesen. Deborah war überzeugt davon. Eine wunderbar glückliche Ehe – ein wunderbarer Mann, schöne Kinder, ein reizendes Heim. Das sagten alle. Sie war die vollkommene Ehefrau. Auch das sagten alle. Sogar John. *Ihm* schien sie zu genügen.

Genügte das nicht? Was konnte sie sich sonst noch wünschen? Aber war da nicht noch etwas anderes gewesen, als sie jung und verliebt gewesen war wie Sally? Ein Schimmer, eine blasse Erinnerung – was war es? Eine gewisse Lebendigkeit – wirkliches Leben.

Was war eigentlich wirkliches Leben? Kinder zur Schule bringen, Hausarbeit, Küchenzettel, Einkäufe, telefonieren, Schularbeiten überwachen, vor dem Abendessen Gästen den Sherry anbieten – war das denn nicht wirklich? Nein, das war es nicht, entschied Deborah, das waren nur Schnipsel von den Leben anderer, wie ihre Kramschublade, wie der Flickensack ihrer Gedanken – das war ganz und gar nicht *ihr* wirkliches Leben.

Eines Tages würde sie zu ihrem wirklichen Leben vorstoßen, beschloß Deborah. Jetzt, da Sally verheiratet war, wollte sie es versuchen. Schluß mit den planlosen Geschäftigkeiten, Schluß mit dem Zeitvergeuden, Schluß mit der Rolle der vollkommenen Mutter, der vollkommenen Ehefrau. Dann würde sie das wirkliche Leben finden. Wo? Nicht hier, nicht jetzt. Hinter der nächsten Ecke, außer Reichweite. Bei etwas anderem, abseits des Alltags. Vielleicht in der Poesie oder in der Musik. Sie würde in die Stadt fahren und sich für Kurse einschreiben. Sich nach einem guten Lehrer umsehen und wieder Klavier üben. Bei der Musik fühlte sie sich immer lebendig. Selber wieder Klavier spielen. Das wäre das wirkliche Leben, wirkliches Leben lag vor ihr.

Oder nicht? Manchmal war sich Deborah nicht sicher. War es möglich – ein Angstschauer durchjagte sie, fröstelnd, wie wenn man nachts ohne Decken aufwacht –, war es möglich, daß das wirkliche Leben vielleicht nicht *vor*, sondern irgendwo *hinter* ihr lag? In der Vergangenheit, in ihrer Jugend? War es dort vorn am Altar, wo Sally nun stand?

»... *In diesem heiligen Stand sollen diese beiden jetzt miteinander verbunden werden* ...«

Zwei Menschen, die Seite an Seite stehen, wie sie und John vor fünfundzwanzig Jahren in dem getäfelten Wohnzimmer ihres Elternhauses gestanden hatten. War es damals das wirkliche Leben gewesen? Sie im kniefreien Brautkleid, John im dunkelblauen Anzug. Es hätte gar nicht unwirklicher sein können. Sie konnte sich an nichts mehr erinnern – nur an einen rosenroten Nebel und betäubende Erregung.

Und welch ein gutaussehender Mann John gewesen war. Immer noch war, dachte sie, als sie einen Blick auf sein scharfgeschnittenes Profil neben dem Sallys erhaschte: hohe Backenknochen, vorspringendes Kinn, knochige Stirn. Er hatte sich nicht sehr verändert, nur das Haar war grauer, die Haut ein wenig faltig, ledern.

Einer jener mageren stillen Jungen im College, auf der Aschenbahn fast so etwas wie ein Held. Nicht sehr mitteilsam, ziemlich ungesellig, aber alle sahen zu ihm auf. Man konnte sich auf ihn verlassen, bis zum allerletzten Atemzug, alle Jungen wußten das. Und die Mädchen – sein Schweigen machte ihn nur noch interessanter, es war eine Art Herausforderung. Sie nannten ihn einen Einsiedler, geheimnisvoll, bildeten sich ein, in ihm müßte irgendein ungehobener Schatz verborgen sein, den noch keiner entdeckt hatte. Jede von ihnen glaubte, sie allein habe den Schlüssel zu diesem Hort. Eigentlich alle – außer ihr.

Nicht im Traum hätte sie daran gedacht, daß er mit ihr ausgehen würde. Wie geschmeichelt war sie an jenem ersten Abend gewesen, eigentlich verschüchtert. Sie hatten sich auch so gesetzt benommen; weit voneinander abgerückt hatten sie im Wagen gesessen und sich über die seltsamsten Dinge unterhalten. Eine Art Vorlesung hatte er ihr gehalten über die Auswirkung von Kohlenmonoxyd in Großstadtstraßen. Sie war tief beeindruckt gewesen. Doch als die Mädchen sie ausfragten, konnte sie es beim besten Willen nicht wiederholen.

Aber so gut aussehend. Alle Mädchen beugten sich aus den Schlafsaalfenstern, wenn er sie abholte. Und immer pünktlich.

Und auf den Glockenschlag zehn brachte er sie wieder zurück. (So ein zuverlässiger junger Mann, sagte Mutter. So intelligent und strebsam, sagte Vater. Genau das, was sie sich immer gewünscht hätten.)

Als er ihr dann schließlich einen Antrag machte, an jenem Abend im Wagen, sie ungeschickt und wortlos an sich zog, war sie zu überwältigt, um Widerstand zu leisten. Niemand war weiter erstaunt. Wie konnte man auch einen solchen Mann ausschlagen, das Wunschbild eines Ehemannes. »Auf John McNiel kann man sich wirklich verlassen«, sagten alle. Daran erinnerte sie sich am deutlichsten. Sie fühlte sich *sicher* bei John.

»*Wenn jemand etwas dagegen vorzubringen hat* ...«

Aber dieser Schatz, den sie alle vermutet hatten, dieser verborgene Schatz – hatte sie je den Schlüssel dazu gefunden?

Wonach hatte sie gesucht? Sie wußte es eigentlich nicht, und alles war wie von selbst gekommen, so mühelos, so rasch.

Jenes erste kleine Haus mit dem weißen Staketenzaun gab ihr das Gefühl, verheiratet zu sein. Möbelkäufe mit Vaters Scheck; der Eßzimmertisch viel zu klein, nur für sechs Personen. »Wir werden nie mehr als vier Gäste zum Essen haben«, sagte sie zu John und dachte dabei nicht an Kinder.

All diese Kinder, eines folgte dem andern. Und immer krank, Masern und Mumps und Keuchhusten. Unentwegt trug sie Tabletts nach oben, und nachts erwachte sie von Kinderweinen. Bis die Kinder endlich groß genug waren und sie nicht mehr um sie zu zittern brauchte; so groß, daß sie das alte Haus sprengten und sie umziehen mußten. Was war das für ein Frühling gewesen, als sie umzogen! Jake mit einem gebrochenen Arm, Susie noch ein Säugling.

Umziehen war etwas so Deprimierendes. Ausmisten, alte Sachen aussortieren, den ganzen Kram, der sich in einem Leben angesammelt hat, wegwerfen. Man blickte auf sein Leben zurück, wie heute, und wohin war es entschwunden? In schadhafte Möbel und Schachteln voll alter Kleider und in Tausende mit Bleistift gekritzelter Listen, auf denen stand, was getan werden müsse. Aus Jahren waren Listen geworden. Sie stellte sie noch immer auf, fand sie noch immer in ihrem neuen Schreibtisch in diesem Haus.

Und ein schönes Haus war es, das sagten alle. Besonders heute. Die Rosen vor dem Fenster waren herrlich. Der Maestro sagte es, und auch Beatrice und Spencer, ihre alten Freunde. Beatrice sah sie kaum noch, seit sie mit Spencer verheiratet, seit sie glücklich war. Veränderte das Glück die Menschen? Als Beatrice noch unglücklich und geschieden war und sich abrackerte, um Chrissie allein aufzuziehen, hatten Deborah und sie wohl mehr Gemeinsames gehabt. Oder hatte sie jetzt einfach nicht mehr so viel Zeit für ihre persönlichen Freunde? Sie und John hatten gemeinsame Freunde, nette, gemütliche Ehepaare, behagliche Abende. Sie konnte sich hinterher nie mehr erinnern, worüber man gesprochen hatte – Golf und Politik. Sie überließ das John. Sie wählten immer republikanisch, John sagte, das sei der Stoff, aus dem man Nationen schaffe.

Ja, das war John, der Stoff, aus dem dieses Land geschaffen war. Welch fester Grund, wie es in dem alten Kirchenlied hieß. Aber unter diesem Grund, was fühlte er da?

»*... so spreche er jetzt oder schweige hernach für immer.*«

Sie hat es nie erfahren, was war es nur? – Nie, nie hatte sie es erfahren. Sie kannte ihn überhaupt nicht. Oh, natürlich kannte sie ihn. Aber sie konnte nun einmal nicht mit ihm reden. Sie sprach eine andere Sprache: Gefühle, Poesie, Musik. Über Kohlenmonoxyd konnte sie nicht reden. Er dozierte, sie lauschte. Mit einem Dozenten, einem Fremdling, einem Ausländer verheiratet?

Nein, Ausländer waren nicht so. Marks Freund, André, dort drüben zum Beispiel – blasses Gesicht, dunkle Augen, sensibler Mund, recht gut aussehend. An wen erinnerte er sie? An Fürst André in ›Krieg und Frieden‹? Oder an ein Bild in einem Museum? Vielleicht an einen der jungen Männer Manets, melancholischen Blicks und elegant. Jene Postkarte, die sie jahrelang als Lesezeichen in ihrem Tolstoi aufbewahrt hatte. Wer ist denn das? hatte John gefragt, als sie eines Abends aus dem Buch zu Boden fiel. Sie konnte nicht antworten: Mein Fürst André. Es klang so albern.

John fand die Franzosen ohnehin ein wenig albern, wie diesen Mann auf dem Schiff, als sie damals nach Europa gefahren waren, der ihr die Hand geküßt hatte. Wie verlegen sie das erstemal gewesen war, die Finger steif und starr ausgestreckt, um wie ein Mann dem andern die Hand zu schütteln, statt weich und lässig wie eine Frau. Danach hatte sie einen Monat lang ihre Hände eingekremt und leicht parfümiert.

André hatte ihr nicht die Hand geküßt – nicht heute, nicht in dieser Gesellschaft, und trotzdem hatte sie gestern abend, nach der Unterhaltung mit ihm, ihre Hände eingekremt. Ein völlig Fremder, der einfach höflich war. Ausländer waren sehr höflich, aber mit ihnen konnte man reden. Sie begriffen, daß eine Braut wie ein Neugeborenes war, was es mit geschlossenen Enzianknospen auf sich hatte. Sie konnte sich ein Gespräch mit einem Franzosen vorstellen. Gibt es in Ihrem Land Enzian? Würden Sie mir einmal welchen zeigen, wenn ich im Sommer ... Madame, es wäre mir ein Vergnügen ... Und er würde meine Hand ergreifen ...

»*Und so fordere und verlange ich von euch beiden, mir zu antworten, wie ihr antworten werdet am furchtbaren Tag des Gerichts ...*«

Deborah schüttelte sich. Ein kalter Luftzug, ein Frösteln. Ein Kaninchen huscht über mein Grab, sagte Mutter immer. Was würde Mutter sagen! Träumen am hellichten Tag! Dieser Franzose, wie hieß er doch? André aus ›Krieg und Frieden‹. Sie war kein junges Mädchen mehr, das sich verliebte. Eine Erregung solcher Art war nicht Liebe.

Deborah richtete sich entschlossen auf und heftete den Blick auf die gesenkten Köpfe des Brautpaares.

Nicht Liebe, nicht Ehe. Ehe war anders: solid, real, dauerhaft. Dies war nicht dauerhaft, nicht solid. Nur Tagträumerei, imaginäres Gespräch. Aber das Gespräch selbst, das aufblitzende Verstehen, das Sprechen einer gemeinsamen Sprache – war das keine Realität? Der Gedankenaustausch mit einem anderen Menschen – war das nicht das Realste im Leben?

»*... wenn einst aller Herzen Geheimnisse offenbar werden ...*«

Angenommen, sie hätte einen Franzosen geheiratet – nein, keinen Franzosen, unmöglich! Niemanden, den sie kannte, irgendeinen anderen, jemanden, mit dem sie sprechen konnte, nicht nur über Schulen und Geld und Pläne für den Sommer. Jemanden, dem sie die wirklichen Dinge zutragen könnte, den wirklichen Tag und was sich darin abgespielt hatte. Das alles am Abend langsam abspulen zu können, das Band des Tages, es gemeinsam betrachten. Schau, hier bin ich gestrauchelt, und hier ging alles wie im Flug, und an dieser Stelle langweilte mich mein Hausfrauendasein, und hier ärgerte ich mich über Susie. Und hier blieb ich stehen und lauschte der Drossel. Jemanden, den dies interessierte.

John interessierte es nicht. Die Tatsachen natürlich, die Probleme, die Entscheidungen, die sie jeden Abend an ihn herantrug. *Das* war ein farbloses Band. Eigentlich überhaupt kein Band, nur eine Schnur, eine verknotete Schnur aus dem Kolonialwarengeschäft.

Aber die anderen Dinge, die sie fühlte und sah und hörte: »Wie nett, Liebes«, war alles, was er hinter seiner Zeitung hervorbrachte. Sogar zu ihren Erfolgen.

Und ihre Sorgen, ihre Fehlschläge, die trug sie ihm überhaupt nicht mehr zu. Die verheimlichte sie einfach wie schlechte Rechenaufgaben in der Schule. Ihre Fehlschläge waren ihm unerträglich; wie ihr alter Mathematiklehrer deutete er mit strafendem Finger darauf: »Schau dir das an – sieh mal hier – um Himmels willen!« Er würde sie festnageln, mit den soliden starken Nägeln seiner Logik. Peng, peng, peng, mit dem soliden harten Hammer seines Verstandes. Für alle Zeit auf ihren Fehlern festnageln. Sie konnte sich nicht mehr rühren, nicht weitergehen und sie zurücklassen. Wie eine Gans, die man der *pâté de foie gras* wegen am Tennenboden festgenagelt hat. Durch den Schwimmfuß festgenagelt, gezwungen, für alle Zeit gestopft zu werden.

Deborah trat in ihren hochhackigen Schuhen fast unmerklich von einem Fuß auf den anderen. Viel zu eng, ich muß sie wieder dehnen lassen.

Eine Gans – festgenagelt wie eine Gans. Zu grauenvoll! In Frankreich machte man das. Wie grausam. Nein, *keinen* Franzosen. John war niemals grausam. Weshalb stutzte man ihnen statt dessen nicht die Flügel? Dann könnten sie nicht fortfliegen und würden fast ebenso fett werden. Immer noch scheußlich genug. Was gab's heute auf den Brötchen? Sie konnte sich nicht mehr erinnern, aber sie durfte ohnehin nicht davon essen. Deborah zog den Bauch ein. Muß aufpassen – Altersspeck –

»*. . . wenn einem von euch ein Hindernis bekannt ist . . .*«

Hindernis? Nicht für sie und John. Alles war glatt gegangen. Was war überhaupt ein Hindernis? Manchmal redeten die Leute von Sprachbehinderung. Unfähig zu sprechen? Irgendeine Sperre – steckengeblieben? Andere Paare – redeten sie miteinander? Paare in Untergrundbahnen, Paare in Automobilen am

Sonntag, Paare auf den Parkbänken? Nein, das waren Liebespaare, die brauchten nicht zu reden. Aber Ehepaare – war es denn unmöglich? Teilten andere Menschen Dinge miteinander? Sprachen sie die gleiche Sprache?

Deborah blickte um sich. All die stummen Gesichter waren nach oben gewandt, wie in einem Konzert. Auf Beatrice und Spencer blieb ihr Blick haften. Sie sah sie wie von einem Scheinwerfer eingefangen. Ja, *sie* lauschten derselben Musik, sie sahen so aus – fast derselbe Ausdruck. Oder sahen sie sich im Grunde nur ähnlich, ältlich und grauhaarig? Nein, es war, als stünden sie unter einem magischen Bann, als sei außer ihnen niemand im Raum, als hielten sie einander an den Händen –

Sie taten es wirklich! Deborah erstarrte und wandte sich ab. Nein, sie hielten sich nicht eigentlich an den Händen, ihre Finger berührten sich nur, ganz leicht und unauffällig. Fast wie zufällig. Deborahs eigene Finger verschränkten sich ineinander, drehten sich und zerrten an ihrem Ehering. Er wollte sich nicht über den Knöchel ziehen lassen, zu eng, angeschwollen und verhornt durch diese alberne Sitte. Sie durfte jetzt nicht weinen, nur nicht das jetzt. Sieh zum Pfarrer! Hör, was derPfarrer sagt!

»*Denn seid euch gewiß*«, sagte der Pfarrer.

Seid euch gewiß, hallte es in ihr wider. Das war besser, das war es, was sie brauchte.

»*. . . wenn Personen unter Umständen miteinander verbunden werden, die Gottes Wort nicht erlaubt, dann sind sie nicht rechtens verheiratet.*«

Der Pfarrer machte, nur der Form halber, eine Pause, damit einer etwas vorbringen könne.

Etwas vorbringen? Deborah hielt den Atem an. Schweigen lastete in dem Raum, wartete darauf, gebrochen zu werden. Würde jemals einer wagen, etwas vorzubringen?

O ja. Vater – sie wandte den Blick in seine Richtung – Vater hatte einmal gehört, wie jemand an dieser Stelle Widerspruch vorgebracht hatte. Ein abgewiesener Anbeter war es gewesen, auf einer lang zurückliegenden Trauung. »Ich protestiere«, hatte er in die Stille gerufen. Es war zum geflügelten Wort geworden. »Ich wollte Hannah selber heiraten.« Ob Vater noch daran dachte!?

Deborah forschte im Profil ihres Vaters nach irgendeinem Anzeichen. Sein Gesicht war ernst, unbewegt, aber unter der buschigen Augenbraue fing sie ein Zwinkern der Erinnerung auf, ein Zucken um die Mundwinkel. Dann blickte er gesammelt wieder nach vorn.

Oh, die dachten das gleiche. Wunderbar! Deborah empfand prickelnde Wärme, als werde zwischen ihr und einem Kaminfeuer der Schirm entfernt. Zwischen ihnen herrschte Einvernehmen, als hielten sie sich an den Händen. Vaters Hand zu halten war besser als die Hand von John, André oder irgendeinem anderen. Keiner reichte ganz an Vater heran.

Ob Mutter so empfunden hatte? Vater und Mutter – hatten sie am Abend über alles gesprochen, einander das Band des Tages gebracht? Hatten sie einander verstanden?

Die Frühstücke im alten Haus, sie erinnerte sich noch daran. Mutter am einen Tischende, Briefe aufschlitzend mit dem Perlmuttgriff ihres Obstmessers. Vater am anderen Ende, vor sich die Zeitung, die ihn von den Kindern abschirmte, die rechts und links von ihm saßen, nicht aber von Mutter. Über den Rand der Zeitung hinweg, über den Rand seiner halben Brillengläser, über den Tisch hinweg sah er sie an. Über den Kinderköpfen blinkerten das Messer mit dem Perlmuttgriff und die Halbgläser der Brille einander zu. Blicke, Scherze, Bemerkungen. Dort oben, auf einer Ebene, die ihnen unerreichbar war, verkehrten die Eltern in einer Geheimsprache, ihr wie Agnes unverständlich. Sie fühlten sich stets ausgeschlossen, konnten den Ball, der zwischen ihren Eltern hin- und herflog, nicht fangen, um das Gespräch zu unterbrechen. Hin und her flog er über ihren Köpfen, verwirrte sie, während sie ihn mit verrenkten Hälsen beobachteten, ohne ihn je fangen zu können. Damals nicht und später nicht.

Wohl erst nach Agnes' Tod – war damals irgend etwas zwischen Vater und Mutter vorgefallen? – hatte sie Einlaß in diese private Welt gefunden (»Deborah, mein Liebes, deine Mutter ...«), sie, jetzt die Älteste, hatte die höhere Ebene erreicht. Oder erst seit Mutters Krankheit (»Deborah, liebes Herz ...«). Ersetzte sie ihm den Gesprächspartner?

In jener Nacht vor dem Kamin, jener wunderbaren Nacht, hatte Vater sich ihr eröffnet, mit ihr gesprochen, wie er es nie zuvor getan hatte. Auch über die Liebe. So seltsam und unerwartet. Mit Sally begann das Gespräch, wie verliebt Sally sei. Und dann hatte Vater das Thema aufgenommen und ihr eine Art Predigt gehalten. Ihr oder sich selbst? Oder hatte er vor jenem philosophischen Seminar gesprochen, das er sich immer erträumt hatte? Sie fühlte sich beinahe unsicher; sie brauchte nichts zu sagen, nur still dazusitzen, zu lauschen und die Flammen zu betrachten und sich von der Wärme überfluten zu lassen, der Wärme des Feuers, der Wärme der Worte.

»Ihr jungen Leute sprecht von Liebe«, sagte er, »als sei sie in einem Auge oder in einem Fuß, in einem bestimmten Hochziehen einer bestimmten Augenbraue beheimatet.«

Sie starrten beide in die Flammen. Es war leichter zu sprechen, wenn man die Flammen betrachtete. Das war, als sei eine weitere Person anwesend, eine dritte Person.

»Auch ich habe das so empfunden, als ich jung war«, sagte er. »Liebe lag im Heben einer Hand, und diese Hand wollte man berühren.«

Dann stand er auf und stocherte heftig, ja ungeduldig in der Glut.

»Aber sie eignet nicht einer Hand, einem Fuß«, beharrte er. »Sie haust nicht in einem einzelnen Teil.«

Ob er mit ihr ungeduldig war? Sie hätte es gern gewußt.

»Liebe ist ein Strom«, fuhr er fort, »vielleicht der Strom des Lebens.« Er verstummte und starrte wie gebannt in das Lodern, das er angefacht hatte.

»Sie ist der Strom des Mitleids, von dem die Welt sich nährt.« Jetzt sprach er zum Feuer, zum dritten Anwesenden.

»Wenn du in diesem Strom bist und ihm angehörst«, sagte er, »nährt er dich. Und alles, was du tust und gibst, ist der Strom, der durch dich hindurchfließt. Du bist ein Kanal für die Liebe; du liebst, und die Menschen lieben dich. Es ist völlig mühelos.«

Wie bei der Wärme des Feuers, dachte sie, des Lichts, die zwischen ihnen hin und her wogte.

»Und wenn du dich außerhalb des Stroms befindest«, unterbrach sie die Stille, »wo bist du dann?« Ob er sie noch tiefer in das Geheimnis einweihen würde? »Bist du immer darin, Vater?«

»O nein.« Er schüttelte müde den Kopf. »Ich bin oft außerhalb des Stromes gewesen, manchmal scheint es mir, die *meiste* Zeit. Dann bist du in einem vertrockneten Flußbett und am Verdursten.«

»Was machst du dann?« Ob sie jemals darin sein, jemals dem Strom nah sein würde? »Wie findest du ihn wieder?«

»Ich weiß es nicht«, sagte er und schüttelte den Kopf. »Ich wünschte, ich wüßte es. Ich weiß nur, daß der Strom das Wesentliche ist. Die Hand, das Auge, die Schulter – an sie klammern wir uns. In ihnen suchen wir sehnsüchtig den Strom. Vielleicht sind sie Nebenflüsse. Aber auf den Strom kommt es an«, sagte er. »Nicht auf die Nebenflüsse.«

Die Nebenflüsse. Ja, in den Nebenflüssen war sie steckengeblieben, dachte Deborah, darin war sie gefangen, und sie hatte den Wunsch, seine Hand zu ergreifen. War das denn falsch?

»Mein ganzes Leben lang habe ich mich nach dem Strom gesehnt«, sagte er. »Ich wußte es nur nicht.«

Auch sie verspürte die Sehnsucht danach, aber wenn Vater den Weg nicht kannte –

»Im Anfang zieht uns alle das Persönliche, das Zufällige an«, fuhr Vater fort. »Der Klang einer Stimme, der Ausdruck eines Auges. Wir glauben, darin sei die Liebe beheimatet, in ihnen wohne der Friede.«

Er erhob sich, trat vor das Feuer, stieß mit dem Fuß ein großes Scheit tiefer hinein und sah zu, wie ein Funkenregen aufstob und wieder in der Dunkelheit verglühte.

»Eine Illusion«, sagte er wie abschließend, nun zu sich selbst, nicht an sie gewandt. Er schien sich weiter und weiter von ihr zu entfernen. »Wir suchen nach dem Strom. Friede ist in dem Strom.«

»Und was *ist* der Strom, Vater?« Ihre Stimme griff nach ihm wie eine Hand, die ihn festhalten wollte. Wenn er nur fortfahren würde. Sie hatte das Gefühl, vor einer großen Entdeckung zu stehen, einer Erleuchtung, die sie auf immer mit Vaters Stimme verbinden würde, mit dem Feuer – dem Strom.

»Wer weiß? Vielleicht ist der Strom Gott«, sagte er, ihr endlich Antwort gebend. »Oder vielleicht ist Gott die Quelle dieses Stromes. Und vielleicht sind ihm Frauen näher als Männer; deine Mutter jedenfalls –.« Da wandte er sich jäh vom Feuer ab, als habe er im Schlaf geredet.

»Ich muß nach deiner Mutter sehen.«

Und da saß sie, alleingelassen im vertrockneten Flußbett, grübelnd.

»*Markus, willst du diese Frau zum Eheweib haben . . .*«

Der Pfarrer brachte den Turm des Schweigens zum Einsturz, und der Raum war abermals erfüllt von den guten kraftvollen Akkorden des Ehegelöbnisses.

Don

»Willst du sie lieben, ihr gut sein, sie ehren und pflegen . . . und alle anderen verlassen . . .«

Verdammte Lüge, dachte Don, *alle anderen verlassen.* Die Formel brachte in ihm eine Mine zum Platzen, machte ihn so wütend, daß er aus seiner Verschlafenheit aufschrak. Hatte er laut geflucht? Schließlich war das hier eine Trauung, eine Familienfeier. Auch er gehörte zur Familie, wenn auch nur als Onkel der Braut und überdies als angeheirateter Onkel. Trotzdem – bei Trauungen fluchte man nicht. Er sah sich vorsichtig um.

Nein, niemand rührte sich. Henrietta, neben ihm, hatte nicht mit der Wimper gezuckt. Seine brave Frau wäre die erste gewesen, die ihm einen strafenden Blick zugeworfen hätte. Alle seine Verwandten hätten ihm strafende Blicke zugeworfen, schockiert, stumm, aber die Form wahrend. Immer wahrten sie die Form. Seine hochachtbaren Verwandten in ihren gebügelten Hosen, in ihren Schleierhütchen. Große Augen hätten sie gemacht.

Hübsche Geschichte! *Onkel der Braut läuft Amok bei Neu-England-Trauung.* Klingt prima. *Gesellschaftsskandal, Psychologe entgleist, flucht beim Gottesdienst.* Was ging da mit ihm durch?

Alte Geschichte, alter Hut, alte Kleinjungenpanik, dieses Bedürfnis, in der Kirche zu lärmen. Der Pfarrer leierte noch immer selbstgefällig seinen Sermon herunter. War er denn über *diese* Dinge noch immer nicht hinausgewachsen? Und das nach fünfzehnjähriger Ehe und an der Seite seiner Frau.

In diese vornehme alte bostoner Familie eingeheiratet, so hieß es von ihm, *bedeutender Psychologe, der Vater war Dentist im Mittelwesten.*

Vater pulte das faule Zeug aus den Zähnen, er pulte es aus den Seelen. Den Unrat, die Fäulnis mußte er herausgraben. Es war scheußlich, schlimmer als Zähne.

Aber deshalb war er ja Psychologe geworden; um Menschen zu entlarven. Sich selbst zuerst – das war am schwersten gewesen.

Seinen Kleinstadthintergrund, seine bigotte Erziehung war er nie ganz losgeworden. Verdammt hartnäckig, dieser Kleinjungentraum von vornehmen Familien und idealen Ehen. Dieser Mythos vom einen und einzigsten Mädchen auf der Welt.

Humbug!

Das war's, was ihn bei Hochzeiten so aufbrachte, der Blödsinn, den die Leute faselten.

Alle anderen verlassen – wer kann das schon?

Unmöglich. Kein normaler Mensch. Das Leben war einfach nicht so. Die ganze Auffassung war naturwidrig. Der Mensch war dazu bestimmt, sich zu vermehren, komme, was da wolle. Egal was – Tod, Scheidung oder böswilliges Verlassen. Ohne Rücksicht auf Verluste. Der Trieb blieb derselbe, die Drüsen kannten keinen Unterschied. Die schubsen einen immer wieder auf jedes attraktive Mädchen, das einem über den Weg läuft. Das war normal, nicht aber, daß man sich auf den Scheiterhaufen wirft, sobald der Gefährte stirbt. Dusselige Hindutabus, wider jeden Instinkt. Und doch blieben die Leute bei dem Versprechen, daß sie alle anderen verlassen würden, und wenn sie es brachen, geißelten sie sich oder wurden – noch wahrscheinlicher – von ihren Gefährten gegeißelt.

Wie sie einem das Ehegelöbnis an den Kopf warfen! Henrietta tat das immer – diese gräßlichen Gesetzesformeln.

Welch ein starrer Urkundentext. *Haben und festhalten.* Erbarmungslos, freudlos. *Ausharren, fortführen, bewahren.* Leere Worte. Tote Buchstaben. *Geduld, Treue, Friede.* Versteinerungen, Fallen, in denen man festsaß. Er wußte Bescheid, er erlebte es täglich. Patienten, die von diesen Formeln gefangen und geschlagen waren, die nicht mit ihnen fertig wurden, sie nicht über Bord werfen konnten.

Zum Beispiel diese Carter – hieß sie so? Kam gestern in die Sprechstunde. Dieses Paar hätte überhaupt nie heiraten sollen, hätte nie zusammenbleiben dürfen. Keiner wollte einlenken, sie lebten vom Haß, diese beiden verschlangen einander. Unmoralisch nannte er so etwas.

Treue nannten es die Leute.

Unmoralisch war es. Ein Kampf auf Leben und Tod.

Seine eigenen Eltern waren so. Damals hatte er es nicht begriffen, in dem fernen kleinen Holzhaus, halb Dentistenpraxis, halb Wohnung. Ob dieses geteilte Haus es schlimmer gemacht hatte?

Vermutlich nur ein zufälliges Symbol.

Vaters Praxis, Mutters Wohnzimmer. Vaters Patienten, die Mutters Blumenzwiebeln zertrampelten. Mutter, die sich weigerte, auf das Läuten hin die Tür zu öffnen. Ein ewiges Tauziehen. Ganz gleich, um was es sich handelte. Vater, der ein Rouleau hochschnellen ließ, Mutter, die die Ofentüre schmetterte. Sogar die Geräusche und Gerüche lagen im Widerstreit. Rotkohl und Jod, Vaters Bohrer und Mutters Nähmaschine – sticheln, sticheln – immer sticheln.

Worum kämpften sie?

Wenn er das nur wüßte! Um alles, um Geld, um Macht, um ihn. Damals suchte er den Fehler bei sich und ging ihnen aus dem Weg.

Half jedoch nichts. Nichts half. Nicht einmal, wenn er zu Burny Jones lief, seinem einzigen Freund. Niemand mochte ihn wirklich in dieser Stadt. Nie herausbekommen, weshalb –

Verfolgungswahn? Einzelkind? Damals glaubte er, die Leute mieden ihn, weil sein Vater anderen weh tat, ließen es *ihn* entgelten.

Nach diesen Erfahrungen erschien ihm Henriettas Familie allerdings herrlich. Kein Wunder, daß er darin aufgenommen werden wollte. Da gab es kein Gezänk. *Nie ein böses Wort*, sagte Henrietta stets.

War das möglich? Gab es Paare, die so glücklich waren? Der alte Theodore und seine Frau waren es augenscheinlich.

Er sah seinen Schwiegervater an, der aufrecht und ziemlich behäbig vor ihm stand. Die Haltung des alten Mannes, sein Gehabe, die Art, wie er den Kopf trug, hatten etwas Imponierendes.

Ja, hier war Kraft und auch Sicherheit. War das alles Pose? Das stinkfeine Althergebrachte? Neu-Englands Vorstellungen von Formen und Manieren?

Nein, Mr. Gardiner und seine Frau führten eine gute Ehe. Alle ihre Töchter sagten es. So wollte es die Familienlegende. Und das war wohl auch Legende: *Nie ein böses Wort*. Dessen mußte man sich würdig erweisen. War vielleicht ebenso schwer, wie das Familiengezänk mit Anstand zu ertragen. Fast zu schön, um wahr zu sein, diese Ehe der alten Gardiners. Alle anderen verlassen, nur einem anhangen – da stand sie wie ein Denkmal vor ihnen. Die ideale Ehe.

Und trotzdem stimmte irgend etwas nicht. Wahrscheinlich alles Schwindel. Sonst wäre Henrietta auch nicht so, wie sie war. Vermutlich wurde das Körperliche unterbewertet. Der Sexus kam zu kurz – verpöntes Wort: Sexus. Alles, was mit dem Körper zu tun hatte, war in dieser Familie verpönt, wurde totgeschwiegen. Fleischliches existierte für die Gardiners nicht. Ein Wunder, daß sie bei dieser Einstellung überhaupt heirateten und nicht, wie Tante Harriet, als alte Jungfern endeten.

Manieren und Moral?

Prima.

Bücher und Geist?

Fein.

Träume und Ideale?

Großartig.

Aber niemals Fleisch und Blut, niemals Essen oder Geld.

Natürlich, die hatten ja weltliche Güter die Menge. Deshalb hielten sie sie auch für unwichtig. Hier war alles vorhanden (Don schnupperte die Luft dieses Raums): getäfelte Wände, Blumen, solide Tweedjacken, weiche Teppiche – gepflegtes Wohnen, und was dazu gehört. Das kostete Geld, weiß Gott.

Auch die Gardiners mußten das wissen, aber sie erwähnten das nie. Geld war zu irdisch. Sie schämten sich immer ein wenig ihres Geldes, und sie schämten sich ihrer Körper, ihres Hungers und ihrer Bedürfnisse, ja sogar ihrer Schmerzen und Leiden. Das alles war verpönt.

Aber davon lebten sie, von diesen verpönten Dingen: von ihren wohlgenährten, gutgepolsterten Körpern und Brieftaschen, von den teuren soliden Sesseln, in denen sie ausruhen konnten, in die sie sich mit der größten Selbstverständlichkeit fallen ließen und die für sie so wenig zu existieren schienen, als säßen sie in der Luft.

Dazu mußte man schon aus Boston stammen. Um in der Luft zu sitzen, wie Henrietta in mexikanischen Bedürfnisanstalten. Lieber Himmel, sah sie komisch aus, wenn sie so in der Luft saß, etliche Zentimeter über dem Sitz schwebend aus Furcht vor irgendwelchen schrecklichen Bazillen. Zwecklos, es ihr auszureden, dem armen Mädchen. Wollte nicht auf ihn hören. So war sie erzogen, und daran hielt sie fest. Und wie sie daran festhält! Sie konnte ewig in dieser Stellung aushalten.

Typisches Bild. Komisch, daß ihm dieser Gedanke noch nie gekommen war. Typisch für die Gardiners. Nie berührten sie eine Klobrille, die Gardiners. Aber es gab nun mal Klobrillen, und es gab auch Geld und Körper. Das sollte jedermann wissen, selbst die Menschen in diesem Zimmer.

Wie dachten all diese Geldsäcke in ihrem Sonntagsstaat, die sich über ihn erhaben dünkten, die sich in salbungsvollem Geschwätz ergingen – wie dachten sie eigentlich wirklich über die

Treue? Nahmen sie es ernst damit? Wer in diesem Raum war treu? Seine Frau, Henrietta?

Eine winzige Bewegung, und er konnte ihr Kleid berühren. Es zitterte ein wenig, wenn sie Atem holte. Aus den Augenwinkeln konnte er ein Stück ihres Ärmels sehen, die Handtasche, die sie unter den Arm geklemmt hatte, ihre Hand, die das Gebetbuch hielt.

Ihr Gesicht brauchte er nicht anzusehen. Ihre Blicke könnten sich begegnen, er könnte ihre Aufmerksamkeit auf sich lenken. Aber er wußte ohnehin Bescheid. Sie war treu, keine Sorge. Treu, weil frigid. Keiner Versuchung ausgesetzt. Was war eigentlich so tugendhaft an der Treue, wenn die Versuchung fehlte?

Aber war das gerecht?

Nein, eigentlich nicht. Sie war nun mal der treue Typ, Henrietta, seit eh und je, schon damals, als sie ihn geheiratet hatte.

Gott weiß, *weshalb* sie ihn geheiratet hatte. Vermutlich aus Mitleid. Er gab sich so große Mühe, in ihren Kreisen Fuß zu fassen. Damals wollte er noch Anwalt werden. Sie hätte es gern gesehen, für die Gardiners war das akzeptabler als Psychologie.

Wäre für ihn jedoch nie das Richtige gewesen. Er konnte argumentieren, aber nicht vor Gericht. Mußte umsatteln.

Sie hatte zu ihm gehalten. Enttäuscht, aber zu ihm gehalten, in schlechten Zeiten auch mit dem Gardiner-Zaster.

Oh, er hatte ihnen alles zurückgezahlt. Ja, er hatte es ihnen zurückgezahlt. Er hatte ihnen gezeigt, daß auch er Geld verdienen konnte. Aber es war nicht nur das Geld. Er verdankte ihr viel, das wußte er. Henrietta besaß eine gewisse Loyalität, die ihm mangelte.

Aber weshalb waren die Loyalen immer so starr? War Loyalität ein Ersatz für Liebe? Gleiche Substanz, andere Form. Gefroren wie Eis.

Doch welch ein Unterschied! Eis konnte man nicht trinken, auch nicht darin baden. Es heilte nicht und erfrischte nicht, konnte weder Blumen zum Leben erwecken noch einen Garten düngen.

Was hatte seine Mutter doch immer gesagt angesichts ihrer Blumenzwiebeln vor der Zahnarztpraxis? »Schnee ist der Dünger des armen Mannes.« Komische Gedankenverbindung. Schnee war eine Decke – Schutz.

Aber auch Schutz war nicht Liebe. Schutz hatte er als Kind die Menge gehabt, von beiden Eltern. Mutter und Vater zeigten sich stets um ihn besorgt, das gehörte zu dem Tauziehen. Eine Art falscher Münze hatten sie ihm angeboten. Besorgtheit statt Liebe. Ersatzliebe, das war es gewesen. Eine Decke aus Besorgtheit – aus Schnee.

Wasser, Schnee, Eis; verschiedene Arten der Liebe. Komische Vorstellung. Was war dann Dampf?

Geistige Liebe natürlich. Entkörperlicht. Auch Dampf konnte man nicht trinken, noch darin baden. Aber Kraft hatte er. Dampf bewegte Dinge – man denke an die Mystiker. Die hatte er nie verstanden; den Gedanken an Gott, den allmächtigen Vater, hatte er schon lange aufgegeben. Aussichtslose Sache.

Aber für manche Menschen schien es geistige Liebe zu geben. Don betrachtete das Nadelstreifenjackett seines Schwiegervaters vor ihm. Dem alten Theodore genügte vielleicht geistige Liebe. Dem Alten vielleicht; ihm nicht.

Er wollte die Dinge fließend. Liebe floß, Leben floß. Davor fürchteten sich die Starren – vor der Fluidität des Lebens. Sie hatten statt dessen festgelegte Stufen. Sie kosteten weniger Mühe, waren leichter zu begehen. Das Leben blieb dann nett und ordentlich.

Aber das Leben war *unordentlich*, verdammt noch mal. Wir tun nur so, als sei das nicht der Fall. Wir hören nicht auf zu jäten und auszurichten und Linien zu ziehen. Das Leben wucherte einfach darüber hinweg.

Natürlich konnte man nicht in einem Dschungel leben, aber gewalzte Tennisplätze waren lächerlich, säuberlich ausgejätet und mit Linien versehen. Ständig schoben sie Walzen vor sich her, die Starren.

Aber in jedem Frühling brach der Löwenzahn durch den Belag. Don holte tief Atem. Wunderbares Leben, das sich unaufhörlich durch den Kies emporarbeitet: Das war's, was die Dinge rettete. Sogar in Gruppen wie dieser hier gab es Löwenzahn. Man sollte es nicht für möglich halten, da doch jeder zur ersten Dimension plattgewalzt war.

Wie war's zum Beispiel um Deborah bestellt, die da vorne stand, in ihrem spießigen Imprimékleid? Gab es da Löwenzahn?

Nee – nicht einen. Sie war bestimmt eine treue Ehefrau.

Na und? Kein Mann käme auf den Gedanken, sie anzurühren. Sie hatte so was an sich, zu zart und kühl, jungfräulich. Fast jungfäulicher noch als die Braut – wenn die eine Jungfrau *war*. Das wußte man heutzutage nie. Appetitlicher Braten, Sally, für seinen Geschmack ein bißchen zu mager. Er hatte gern was zum Dranfesthalten.

Das war's, was Debby fehlte. Nichts zum Festhalten. Keine schlechte Figur, aber sie verbarg sie unter diesen Vogelscheuchen-Moden. Vielleicht schämte sie sich ihres Körpers, vielleicht hatte sie Angst davor. In diesen Mädchen steckte ein Stück Tante Harriet. Henrietta war hoffnungslos, aber Deborah – hatte sie sich aus dem Garten der Lüste zurückgezogen oder ihn gar nicht erst betreten? Eigentlich ein Verbrechen, jede für einen Mann attraktive Linie – Brust, Hüfte, Bein – war sorgfältig verborgen. Jede Falte ihres Kleides rief: Zutritt verboten!

Die Mutter des Bräutigams wußte es besser. Frances zeigte in diesem dunklen Kleid alles, was sie besaß. Kein Zentimeter Stoff zuviel, sie schämte sich ihrer Hüften nicht. Gut im Bett, dachte er flüchtig. War sie eine treue Ehefrau? Er bezweifelte es.

Aber auch nicht wahllos – eine gewisse Steifheit und Übergenauigkeit. Doch sie hatte gelernt, mit ihrem Körper zu lieben. Mindestens *ein* Verhältnis, da wollte er wetten. Vermutlich aus Verzweiflung über ihren neurotischen Mann hineingeschlittert.

Steve sah ein bißchen erhitzt und nervös aus. Nur ein Zucken des Augenlids und der hin und wieder hervortretende Kaumuskel zeigten an, wie sehr er sich beherrschte. Vermutlich bekam er einen Ausbruch, wenn alles vorbei war. Dem armen Mädchen stand etwas bevor heute abend. Hoffentlich schlägt der Bräutigam nicht seinem Vater nach.

Ja, und wie stand es eigentlich mit Mark? Kannte ihn irgend jemand genauer? Lernte Sally beim Skilaufen kennen, angesehene Familie und so, hat in Europa gelebt. Wetten, daß Mark nicht mehr unberührt war, trotz seinem frischen sauberen Gesicht? Der Junge hatte einen französischen Freund, mußte bestimmt schon einiges hinter sich haben. Diese Franzosen waren mit allen Wassern gewaschen.

Eigentlich nur gut, dachte Don. *Er* hatte nichts dagegen, aber die Gardiners würden aus den Pantinen kippen. Er wünschte, er hätte sich vor der Ehe selbst ein bißchen mehr umgesehen. Ein Verbrechen, so jung und tolpatschig zu sein wie er in seiner Hochzeitsnacht. Und dazu noch in einem so Etepetete-Hotel in Neu-England. Lieber Gott, was für eine Nacht!

Zuviel sollte man natürlich auch nicht herumtändeln, wie Albert da drüben. Das brachte einen auf die falsche Tour. Hatte nun schon die dritte angetraute Frau, dieser Albert, von den anderen ganz zu schweigen. Junge, waren diese Genies naiv!

Weshalb heiratete er sie bloß immer wieder? Hoffentlich schlug Mark *dem* nicht nach! Sally hätte es dann schwerer, als wenn er ein Trinker wäre. Nichts grenzt mehr an Selbstmord als die Ehe mit einem Genie. Blaubärte allesamt, ob bewußt oder unbewußt, ob Musiker, Schriftsteller, bildender Künstler, ob berühmt oder nicht.

Da seht doch den Maestro! Wie ein blitzeschwingender Halbgott beherrschte er die Festversammlung. War nicht zu übersehen. Hatte etwas Magnetisches; seine ausladende Erscheinung, seine Pose, dieses bebende Aufmerksamkeitheischen, sogar dann, wenn er schwieg; seine ungeheure Vitalität, selbst bei völliger Ruhe. Genies waren wie Gewitter oder Zyklone. Was ihnen in den Weg kam, rissen sie mit sich, Stöcke und Steine und Staub. Im Westen hatte er solche Wirbelstürme erlebt. Nichts, was in ihr Kraftfeld geriet, konnte sich gegen sie behaupten. Alles mußte in die gleiche Richtung wirbeln, jedes dürre Blatt.

Jedes verdorrte Blatt von Ehefrau. Ja, genauso kam sie ihm vor, Alberts Frau. Nicht einmal ihren Namen konnte er behalten, so sehr ähnelte sie ihrer Vorgängerin. Wie rasch sie alle einander ähnlich wurden: ausgepreßte Orangen, eine wie die andere, das starre Lächeln, der unablässig anhimmelnde Gazellenblick. Sie mußten es jeden Morgen wie ein Make-up auf ihre wahren Gesichter schminken, bis es ein für allemal klebenblieb. Früher war sie gar nicht so gewesen. Eine von Alberts begabten jungen Schülerinnen besaß damals noch selbst eine gute Portion Talent. Jetzt war sie ausgeblasen – nein, ausgesaugt vom gewaltigen Sog seiner alles verschlingenden Persönlichkeit, seines Genies, eingesogen.

Nicht ihr Fehler, armes Mädchen. Aber eigentlich auch nicht der von Albert.

Wie oft hatte Albert versprochen, alle anderen zu verlassen, nur einer einzigen anzuhangen?

Unmöglich.

Genies waren nun einmal nicht für die Ehe geschaffen, nicht im üblichen Sinn. Sie sollten eine andere Lebensform haben, eine anbetende Novizin nach der andern, einen Hof von Bewunderern, einen Schwarm von Satelliten. Sie waren dafür geschaffen, ein Universum zu erhellen, nicht nur einen schäbigen Planeten. Sie waren nicht wie die Durchschnittsmenschen.

Aber selbst Durchschnittsmenschen – Don wandte den Blick von Alberts zerklüftetem Profil – all diese glattgesichtigen Paare, Profil neben Profil, wie abgegriffene Münzen – wie konnten sie einem einzigen anhangen? Wenn man auch nur im geringsten kompliziert war, und die meisten Menschen wurden im Verlauf ihres Lebens immer komplizierter, würde man zwangsläufig in verschiedene Richtungen gezogen. Neue Facetten verlangten nach neuem Echo, neuen Freunden, neuen Beziehungen. Brauchte vielleicht jede neue Facette ein neues Gesicht – eine neue Liebe? Aber nicht einen Partner. Don, der Psychologe, setzte hier die Grenze. So ging es nicht. Man konnte nicht ein Dutzend Ehefrauen haben oder mehr als eine Mutter für seine Kinder. Das tat nicht gut.

Hier war der gewalzte Tennisplatz, auf dem er spielen mußte. Er wußte, wo die Linien waren und wo das Aus.

Scheidung?

Unmöglich. Zumindest für ihn. All die vielen Für und Wider waren in einem Hauptbuch verzeichnet. Er konnte sie auswendig heruntersagen. Schlecht für die Kinder, eine Scheidung. Henrietta war eine passable Mutter, bot den Kindern ein Heim. Ihm – nun, ihm führte sie den Haushalt, hielt alles sauber und ordentlich. Immer blankgefegt, sein Haus. Henrietta tat bestimmt ihr Bestes. Gute Vorsätze, mit guten Vorsätzen gepflastert und blankgefegt – seine Hölle.

Aber trotz allem verdankte er ihr etwas. Zumindest Sicherheit, eine gesellschaftliche Stellung.

Überdies hatte er diese Sicherheit wirklich nötig. Auch beruflich, als Basis für seine Arbeit.

Was würde es für einen Eindruck machen, wenn seine Ehe scheiterte? Wo er doch Eheberater war. Und welch ein Gezeter – Scheidung! Henrietta würde sich bis zum bitteren Ende dagegen wehren, dessen war er sicher. Sie würde auf ihren Rechten beharren und sich an die Buchstaben des Gesetzes klammern, vielleicht auch gewinnen. Weshalb blüht der Weizen der Rechtschaffenen? Aber andererseits, was blieb ihnen, wenn sie so sehr dran festhielten – aus Angst und Besitzgier, im Grunde aus Haß? Was blieb ihnen nach diesem Tauziehen am Schluß in den Händen? Doch in jedem Falle ein hohler Vertrag, jeder Liebe bar.

Aber so war nun einmal Henriettas Einstellung, und er wußte, daß er sich damit abfinden mußte. Kämpfen hatte keinen Zweck, es kostete einen zuviel – Zeit, Leben, Geld.

Nein. Alberts Lösung war nicht die seine. Eine Frau war genug.

Aber wie damit zu Rande kommen? Was konnte er seinen Patienten sagen? Er konnte sie mit einer platten Weisheit abfertigen. Sexuelle Harmonie ist die Basis einer guten Ehe. Das wußten sie alle, das lernte man heute schon im Kindergarten. Wie aber diese Harmonie erreichen oder bewahren? »Herr Doktor, kann man mit seiner Frau auf die Dauer in einer zufriedenstellenden körperlichen Beziehung leben?« Ein ernsthafter junger Mann wollte eine Antwort. Was konnte er ihm sagen?

Diese Frage brachte ihn stets in Verlegenheit. Er konnte weder ja noch nein sagen. Nur vielleicht. Aber sie fragten immer wie. Wie hält man eine gute sexuelle Beziehung in der Ehe aufrecht? Wie zum Kuckuck?

Er wußte es nicht. Er versuchte, den Jungen Ratschläge zu geben, aber die Ältern ... Es wäre leichter, einen wöchentlichen Artikel oder einen Leitfaden für Eheleute zu schreiben. Da brauchte man nicht ihre müden Gesichter zu sehen, sich nicht die Geschichten anzuhören, die alle gleich waren.

Eine Ehe war mit so viel Alltagskram belastet, man hatte sich um den Haushalt zu kümmern und zugleich um die Familie. *Könnten Sie nicht Ihren Mann auf einer seiner Geschäftsreisen begleiten, Mrs. Carter?* Und die ewigen Geldprobleme und die Reparaturen im Haus und die Verwandten, die krank wurden. *Müssen Sie diese Dinge denn nachts besprechen, Mrs. Clark?* Die Kleinen brauchten eine Zahnregulierung, und die Größeren hatten Allergien, und die Teenager wollten schulterfreie Abendkleider. »Aber, Herr Doktor, darüber kann ich mit meinem Mann nur im Bett sprechen, das ist der einzige richtige Moment!«

Wem sagten sie das? Henrietta kam ihm mit solchem Quatsch immer im Bett. Sie brauchten einen neuen Herd. Sollten sie nächsten Dienstag zum Essen ausgehen oder die Dohickles zu sich bitten?

Wie konnten zwei menschliche Körper einander leidenschaftlich begegnen, wenn ein Wust von Haushaltsfragen sie gefangenhielt? Frauen waren am schlimmsten daran. Schleppten das alles den ganzen Tag mit sich herum, konnten sich nachts einfach nicht davon freimachen.

Es gab keine Antwort.

Es war einfach unvermeidbar, nach einer gewissen Zeit sah man sich nach der neuen Liebe um, der unbeschwerten Beziehung, dem warmen Körper, dem man nur als Körper begegnete. Die Franzosen hatten ganz recht. Man soll Liebe und Ehe trennen. Keine Bindungen, kein Ballast drängender Verpflichtungen. Jenes Mädchen in Miami – *die* hatte ihm keine Fragen gestellt. Ein sonnengebräunter Körper unter seinen Händen, sonst nichts. Man verlor sich, man fühlte sich lebendig. War durstig, trank, ging erfrischt von dannen. War das unrecht?

Unrecht. Die emporgewandten Gesichter im Raum sagten: *Unrecht*. Das Gebetbuch, das unter Henriettas Arm steckte, sagte: *Unrecht*, *Unrecht*, Quatsch, Über-Ich.

Sein Schuldgefühl hatte er schon lange verloren, fortanalysiert. Es war dahingeschwunden über seinen vielen Abenteuern – wenn man sie überhaupt so nennen konnte. Das machte es ihm mit der Zeit leicht, nahm ihm aber viel von der Befriedigung. Das Schuldgefühl war fort, aber damit auch, das mußte er zugeben, etwas von dem Glanz.

Nun, er war jetzt älter – praktisch schon Großonkel, da Sally jetzt heiratete. Das rückte ihn in eine andere Generation. Wie alt mußte er ihnen vorkommen! Sie würden ihm jetzt anders begegnen. Respektvoll, ja, respektvoll würden sie ihm jetzt begegnen. Dankbarkeit – Übertragung.

Gewiß, er konnte Menschen helfen, sie vor Fehlern bewahren.

Aber wie? Indem er die Mythen zerstörte? Den romantischen Mythos: *Es gibt einen Jungen für jedes Mädchen auf der Welt*.

Amerikanische Sentimentalität.

Der Mythos von der Treue: Religion et cetera?

Eine gewaltige Verschwörung, die Menschen an der Kandare zu halten, an ihrem stärksten Trieb gepackt zu halten.

Der Mythos von der Monogamie?

Ein praktisches Verkehrssystem der Gesellschaft, um Ordnung zu wahren.

Angenommen, man nähme den ganzen Krempel und würfe ihn über Bord? Angenommen, man besorgte sich Sex, wenn man ihn brauchte, so wie Essen oder Trinken – wie er es getan hatte? Ohne Schuldgefühl, ohne Furcht. War das die Lösung?

Es war nicht falsch, aber – und jetzt verspürte er ein kratziges Gefühl im Hals, als habe er Sodawasser statt Wasser getrunken – war es ganz richtig?

An dieser Frage kaute er. War das die Lösung? War das befriedigend? Stillte das den Durst?

Er war sich dessen nie sicher.

Es war nicht nur eine Frage physischen Hungers nach Vergnügen und Ausflucht. Man verlangte ebensosehr nach Liebe wie nach Sex. Es war nicht so einfach wie im Roman. Man wollte nicht nur vom vollkommenen Partner in einem vollkommenen Augenblick geliebt werden, auf einsamem Gipfel, abseits vom

Alltag, in einem Hotelzimmer mit Klimaanlage. Das genügte nicht.

Man wollte in der Lebensmitte geliebt werden, wenn der Frühling des Lebens vorüber, wenn man dick und grau und müde war, ja sogar entmutigt und unwirsch – in seiner ganzen Unvollkommenheit. Man wollte seine Schwächen verziehen haben, wollte trotz dieser Schwächen geliebt werden, in guten wie in bösen Tagen.

Das war es letzten Endes, was man wollte: Geliebt werden *in guten wie in bösen Tagen, in Reichtum und in Armut, in Krankheit und Gesundheit.* Das steckte dahinter, das war es, was alle wollten. Auch er hatte es einmal gewollt, einmal daran geglaubt. Nur daß er eine Zitrone gepflückt hatte, das war alles. *Weshalb hab' in der Liebe Garten, wo Pfirsich nur gedeihen soll, eine Zitrone ich gepflückt?*

Angenommen, er hätte einen Pfirsich gepflückt: wäre es dann anders gewesen? Pfirsiche gab es genug um ihn herum. Konnte man versprechen, einen Pfirsich zu lieben? Damals war Henrietta ein Pfirsich gewesen, hübsch und rosig und sorgfältig gezüchtet.

Aber konnte man überhaupt versprechen zu lieben? »Zu haben und zu behalten« – vielleicht. »Zu ehren und zu pflegen« – vielleicht. Aber zu lieben? Das war noch schwerer zu halten als das Treueversprechen. Vor fünfzehn Jahren hatte er versprochen, Henrietta zu lieben. Sie hatte versprochen, ihn zu lieben. Keiner von ihnen hatte sein Versprechen gehalten oder es auch nur versucht. Sie hatten einander überhaupt nie geliebt, sie waren dazu außerstande gewesen, selbst zu Beginn. War er überhaupt jemals imstande gewesen, einen anderen zu lieben? War er es jetzt?

In diesem schweigenden Raum gab es keine Antwort darauf, nur zwei andere, die einander versprachen, sich ewig zu lieben.

Liebe, Liebe, Liebe, fauchte Don innerlich. Weshalb führen wir dieses Wort Tag und Nacht im Mund? In Kirchen und Büchern und Kinos, in Salons wie in diesem und in Untergrundbahnen, wo man Lippenstifte und Büstenhalter und Delikatessen damit anpreist. Was bedeutete es überhaupt?

Nichts anderes als Hungergefühl. Sex war offenkundig ein Hungergefühl.

Aber Liebe war eine Begabung wie jedes andere Talent. Sie war nicht jedem von uns gegeben und auch nicht auf die Dauer. Man konnte nicht für jeden Liebe empfinden, für seinen Feind oder für seinen Nachbarn, wie es die Bibel verlangte. Nein, nicht einmal für die eigene Familie. Am allerwenigsten für die eigene Familie.

Aber in seiner Arbeit, ja da –

Musik! Sie unterbrachen den Gottesdienst durch Musik.

Was war das? Klare durchscheinende Wassertropfen, eine Quelle, die aus dem Kies hervorsprudelt. Er konnte sein Gesicht darüberbeugen, trinken, sich erfrischen. Allem die Schärfe genommen – wie Sex, wie Liebe. Man brauchte nicht zu rechten, nicht Widerstand zu leisten, ließ sich einfach davontreiben. Nur zuhören, nur eine Stimme, der man zuhören mußte – war es das?

Nein, viele Stimmen, auf die zu hören eigentlich recht schwerfiel, wie wenn er seinen Patienten zuhörte. Mitunter kompliziert. Die Stimmen strömten dahin; er folgte ihnen; die Melodie stieg und fiel, die tiefen Akkorde hielten gemeinsam Schritt; dann tauchte das Thema von neuem auf. Es war aufregend, ihm auf den Fersen zu bleiben, ihm nicht Einhalt zu gebieten, es strömen zu lassen. Nur lauschen, aufmerksam, aufgeschlossen – wie Liebe.

Vielleicht war es Liebe, eine Form der Liebe – was er als Arzt fühlte und tat. Das Sicheinstellen auf den Anderen, seine Bedürfnisse, seine Schmerzen, seine Bedrängnisse. Ohne Urteilsspruch, ohne vorgefaßte Meinung, ohne Widerstand – eine Art bewußter Aufgeschlossenheit.

Man konnte diese Art von Liebe kultivieren, ja sich sogar darin üben. Er lernte; es gelang ihm nicht immer, manchmal ging es nicht. Aber wenn es ging – oh, wenn es ging, dann verlor er sich, und die Patienten fanden sich, lösten sich, wurden frei. Ihm und ihnen geschah etwas – Heilung. Etwas erblühte. Aus seinem Lauschen. Liebe?

Schlichter, bescheidener, nicht das, was die meisten Menschen darunter verstanden, aber vielleicht das, was Christus meinte. »Liebet einander«, sagte er. Vielleicht meinte er gerade das – Aufgeschlossenheit, Bewußtheit, kein Rechten. Und vielleicht hatte man diese Liebe von Anfang an falsch verstanden, hatte sie in einen Rahmen genagelt, an ein Kreuz. Und Christus hatte gemeint: Hört einander zu, hört eurem Feind, euren Nachbarn, euren Kindern zu.

Hört euren Kindern zu – tat er das?

Manchmal, nicht oft, nicht genug. Zuviel um die Ohren, überließ es Henrietta. Hörte er ihr jemals zu?

Nein, solange er es verhindern, vermeiden konnte. Er verstopfte sich die Ohren, versperrte sich. Zu beschäftigt, um zuzuhören. Zu müde. Mußte die Jalousie herunterlassen, konnte es nicht anhören: ihre Ängste, ihre Eifersüchteleien, ihre Zwangsvorstellungen. Natürlich wußte er darüber Bescheid, hatte sie sich alle angehört: schüchtern als Kind, eifersüchtig auf ihre älteren Schwestern, stand immer hinter ihnen zurück, bekam ihre abgelegten Kleider und Anbeter.

Arme Henrietta! Ihr langer Kampf um Aufmerksamkeit, den sie noch immer führte. Stets bemüht, das Rechte zu tun und sich zu betätigen, wie Tante Harriet da vor ihnen. Steif wie ein Ladestock, das alte Mädchen. Die brachte keiner auf die Couch eines Psychologen. Würde allerdings auch nie einen Nervenzusammenbruch haben. Diese Generation hatte ihren Kodex, und der ließ sie nie im Stich. Sei nicht müßig, tu Gutes. Puritanische Erziehung. Sei ein braves Mädchen.

Braves Mädchen. Henrietta. Niemals glücklich. Er hatte ihr nicht viel helfen können.

Kein Psychologe konnte die eigene Frau behandeln. Er wußte, daß er sie nicht heilen konnte, nicht einmal lieben konnte er sie. Aber konnte er denn nicht zuhören, konnte er ihr denn nicht manchmal zuhören?

Er hörte nicht zu. Das war eine Sünde, ja gewiß. Verstieß gegen sein Berufsethos. Eine größere Sünde als die Untreue. Eine Sünde wider das, was für ihn wesentlich war, wider sein besonderes Talent, seine schöpferische Fähigkeit. Eine Sünde wider den Heiligen Geist – das war es – wider den Funken Gottes in ihm, der versuchte, den Menschen ihre Schuld zu vergeben, sie von dem Übel zu erlösen, sie davor zu bewahren, daß ihre Ängste Gewalt über sie bekamen.

Das Vaterunser! Guter Gott, gleich war es aus mit dem Träumen, und man mußte wieder hellwach sein. Henrietta klappte das Gebetbuch zu, geschlossenen Auges bewegte sie die Lippen. So lieb und still war sie die ganze Zeit gewesen. Gleich würde sie wieder zu reden anfangen.

Verdammt noch mal, wenn sie nur nicht so viel redete! O Gott – wenn sie nur still wäre! Dann könnte er ihr zuhören.

»... im heiligen Ehestand ... von Gott gestiftet ... uns anzuzeigen ...«

Tante Harriet hielt während der ersten Worte des Trauungsgottesdienstes das weiße Haupt gesenkt. Wie oft hatte sie diese Worte gehört! Die Hochzeiten von drei Generationen hatte sie in ihrer Familie miterlebt, mehr als irgendein anderer in diesem Raum. Es führte sie weit, weit zurück.

All die anderen hatte sie heiraten gesehen. Ihren Bruder Tim – so hübsch war er gewesen, und hatte sich an diese alberne Frau weggeworfen. Weshalb Männer auf so etwas hereinfielen, würde sie nie begreifen. Und dann ihre Schwester Suzannah, die Zierde der Familie, alle sagten es. Wie schön war sie an ihrem Hochzeitstag gewesen, in ihrem modischen Kleid mit der Wespentaille und dem Tüll! Der Brautkranz auf ihrer hochgetürmten Frisur ließ sie an jenem Nachmittag größer erscheinen als Theodore, erinnerte sie sich. Und dann Suzannahs Kinder: die schöne Agnes, zu schön für diese Welt, und nach ihr Deborah und Henrietta. Sie hatte sie alle zum Altar schreiten sehen.

Uns anzuzeigen – sie sollte wissen, was Ehe heißt, auch wenn sie selber nie geheiratet hatte. Man lachte über alte Jungfern und ihre Meinungen, aber sie hatte von ihrem Zuschauerplatz aus vieles beobachtet. Kaum etwas war ihr entgangen. Der Sinn einer Ehe, soweit sie es festgestellt hatte, waren die Kinder. Alles andere schwand im Laufe der Zeit dahin: Schönheit, körperlicher Reiz, alle die Äußerlichkeiten. Der Mensch wurde wie eine Blume abgeschnitten, aber der Schößling blieb. Je älter man wurde, desto deutlicher begriff man das. Die Lebenskraft, der Saft war nicht in den alten Wurzeln, sondern in den Schößlingen. Man lebte für die Schößlinge.

»... nach Gottes Ordnung zusammen zu leben ... im heiligen Stand der Ehe ...«

Das Gebetbuch drückte es in diesem Absatz, der heutzutage meist ausgelassen wurde, am vollkommensten aus. Wie bezeichnend für die moderne Ehe, den wichtigsten Teil auszulassen! Der heilige Stand der Ehe galt dem Kindersegen. Sie hoffte, man hatte dieses junge Paar entsprechend belehrt, es schien ihr unangebracht, darauf hinzuweisen – in ihrem Alter und überdies als eine alte Jungfer.

Nicht, daß es ihr an Gelegenheiten gefehlt hatte. Sie war keine Schönheit wie Suzannah, aber sie hatte in ihrer Jugend auch nicht übel ausgesehen. Da war der Junge von nebenan. Vater meinte, es sei nicht die passende Familie. Und recht hatte er gehabt, wenn sie es von heute aus betrachtete: Als der junge Mann dann heiratete, setzte er recht gewöhnliche Kinder in die Welt. Das lag alles so weit zurück. Sie hätte jetzt nicht mehr sagen können, was sie damals an ihm so angezogen hatte. Mit achtzehn erwischt es einen eben manchmal. Und da war dieser Freund von Tim, aber kein Vergleich mit Tim. Wenn man einen solchen Bruder hatte, konnte man doch keinen Zweitklassigen nehmen? Und dann dieser alte Witwer, mit dem Suzannah sie gern verheiratet hätte. Das lag noch gar nicht so lange zurück. Lächerlich von Suzannah! Mitleid hatte sie mit ihr gehabt und behauptet, sie lebe nur ein halbes Leben und gehe einem einsamen Alter entgegen.

Ein halbes Leben! Wo sie dreißig Jahre lang Lehrerin gewesen war und immer ihren Wünschen entsprechend gelebt hatte. Manchmal kam es ihr so vor, als lebten die Verheirateten ein halbes Leben. Fortwährend Kompromisse schließen müssen, sich nach den Launen des anderen richten müssen, in ständiger Todesangst vor einem Streit oder einer Klage. Und was hieß schon einsam? Wenn man zu tun hatte und sich betätigte, war man nie einsam. Menschen gab es genug um einen herum. Vielleicht fehlte einem der große Goldbarren der Liebe, den die Verheirateten hatten – oder zu haben behaupteten, sie bezweifelte es manchmal, wenn sie sich so umsah. Aber man hatte die Liebe allezeit in geringen Dosen. Und Gold war es trotzdem, pures Gold, wenn auch in kleiner Münze: über ihr ganzes Leben verteilt, in ihren Freunden, ihren Schülern, ihren Nichten und Neffen.

Und nun auch in ihren Großnichten und Großneffen. Heute war sie von ihnen eingerahmt. Wie wohlerzogen sie waren! Harriet bemerkte es mit Vergnügen, während sie aus den Augenwinkeln die emporgewandten Gesichter betrachtete. Vielleicht schüchterte die kirchliche Atmosphäre des verwandelten Wohnraumes sie etwas ein. Sheila war ungewöhnlich brav, und sogar

Syd scharrte nicht mit seinen schwarzen Lackpumps, wie er es in der Kirche so häufig tat. Sie konnte ungestört das Brautpaar betrachten und den feierlichen Worten lauschen.

»*Sally, willst du diesen Mann haben . . .*«

Die liebe Sally und ihr junger Mann! Wie inbrünstig hatte sie für die beiden gebetet, und nun sprachen sie das Ehegelöbnis. Sie war dankbar dafür, hier anwesend sein zu können, gewissermaßen stellvertretend für Suzannah, die ihnen langsam entglitt, während ihr erstes Enkelkind, Sally, den Kopf unter dem Brautschleier neigte.

Wirklich, das Kind war ja Suzannah wie aus dem Gesicht geschnitten. Harriet rückte ihre Brille zurecht, um besser sehen zu können. Theodore hatte völlig recht, ihr war die Ähnlichkeit bisher nicht so aufgefallen. Aber heute, unter dem Schleier, war Sally das Abbild ihrer Großmutter. Das machte das Profil. Da kam es wieder zum Vorschein, das Neu-Englanderbe.

Diese beiden jungen Menschen setzten wahrhaftig ein Erbe fort, ob sie es wußten oder nicht, und kein schlechtes. Harriet, die sich ohnehin sehr gerade hielt, reckte sich noch einmal, als sie jetzt an die lange Reihe neu-englischer Vorfahren dachte, auf die ihre Großnichte zurückblicken konnte. All die Namen, die sie schon von ihrer Mutter und Großmutter gehört hatte: die Obadiahs und Timothys, die Sarahs und Prues von den steinigen Weiden Neu-Englands, aus den kleinen Städten mit den großen, von Ulmen beschatteten Gemeindeangern, auf denen des Nachts die Rinder ruhten, und den weißen Holzkirchen mit dem kalten harten Gestühl.

»Herr, Du warst unsere Zuflucht von Geschlecht zu Geschlecht.« Eine Geschlechterfolge bis zurück zu den stürmischen Reisen von England her, zurück zu den langen Wintern, den Kindern, die gestorben und alle in der Familienbibel verzeichnet waren. Lehrer und Prediger, Ärzte und Schiffskapitäne. Großvater war Prediger gewesen, Vater Lehrer. Es steckte ihr im Blut – ein ansehnliches Erbe.

Und Theodores Familie? Harriet ließ das Gebetbuch ein wenig sinken, als sie nun den grauen Kopf ihres Schwagers vor sich betrachtete. Auch recht annehmbar, wenn schon nicht ganz so gut. Nicht rein englisch, ein wenig deutsches oder holländisches Blut floß in seinen Adern. Für ihr Gefühl ein bißchen schwerfällig und abstrus in seinem Denken; man kam sich in seiner Gegenwart stets schulmeisterlich vor. Dennoch, er war Suzannah ein sehr guter Mann gewesen; sie hatte sich gegen diesen holländischen Einfluß behaupten können. In ihrer Familie hatte man Charakter. Und Theodore, das mußte sie zugeben, war auch ein guter Vater. Die Mädchen hatten prächtige aufrechte Männer geheiratet – insbesondere Deborah.

»*Wer gibt diese Frau diesem Mann zur Ehe?*«

Und da stand Deborahs junger Bräutigam nun – es war nicht zu glauben – selber grauhaarig, und verheiratete seine Tochter. Noch immer ein prächtiger, jugendlicher Mann, John McNiel. Man brauchte ihn nur anzusehen, um zu wissen, wo er herkam. Gute schottische Presbyterianer. Er kannte den Unterschied zwischen Recht und Unrecht und brachte ihn auch seinen Kindern bei. Manchmal zu streng, klagte Deborah, aber hatte er nicht recht? Deborah neigte dazu, vor ihren Kindern zu kuschen, vor ihrem Mann übrigens auch. Wie kam das nur, daß die Ehe manche Menschen zu Hasenfüßen machte, daß sie Ehefrauen den Mut raubte, ihre Meinung zu sagen? Sie konnte sich nicht vorstellen, daß sie irgend jemandem ihre Meinung verhehlte. Auch sie war streng erzogen worden, auf die gute alte Art – sie und Suzannah – »in Furcht und Glauben«.

Und auch die Furcht war notwendig, mochten die Psychologen sagen, was sie wollten. Don würde ihr bestimmt widersprechen. Stand er heute nicht direkt hinter ihr? Harriet hatte das unangenehme Gefühl, Dons scharfe Blicke durchbohrten ihren Rücken. Dumme Einbildung. Ein äußerst umgänglicher Mensch. Nur würde sie ihn an Henriettas Stelle fester an die Kandare nehmen. Er trieb sich soviel herum – war das wirklich notwendig? Natürlich war er ein sehr gescheiter junger Mann, dieser Don.

Aber dieses psychologische Geschwätz – hatte das wirklich Hand und Fuß? Diese Überbewertung des Ego: Eigenanalyse, Selbstverwirklichung, Selbsterfüllung. Das ergab keinen Sinn. Alle Weisen und die Bibel bezeichneten den *Verlust* des Ich als den Weg zur Weisheit. Sogar William James – und der war weiß Gott modern – sagte: »Das Ich hasse ich am meisten.« Wenn schon immer über das eigene Selbst gesprochen werden mußte, dann sollte man die Selbstbeherrschung und die Selbstaufopferung in den Vordergrund rücken. Und dieser Blödsinn von den Hemmungen und unerfüllten Wünschen! Solange man zu tun hatte und sich betätigte, blieb einem gar keine Zeit, unerfüllten Wünschen nachzutrauern, und dann war man auch glücklich. Wiewohl Glücklichsein bestimmt nicht der Sinn des Lebens war.

Der Sinn des Lebens, so glaubte Harriet erkannt zu haben, bestand darin, die Aufgabe zu finden, die einem bestimmt war. »Tu das Nächstliegende«, wie man ihr als Kind beigebracht hatte. Man mußte seine Existenz auf irgendeine Weise rechtfertigen, anderen nützlich sein, so wie sie, insbesondere seit Suzannahs Krankheit, ihren Großnichten und Großneffen nützlich zu sein versuchte. Sie hatte ihnen die ersten Bibeln geschenkt und sie beten gelehrt.

»*Vater unser, der Du bist im Himmel, geheiligt werde Dein Name.*«

Harriet stimmte ein in den gedämpften, unregelmäßigen Chor, der das Vaterunser nachbetete. Ein wohltuendes Gefühl, beinahe wie wenn man ins Bett sank, sich diesem vertrauten Singsang hinzugeben, sich eins zu fühlen mit dieser vertrauten Gruppe von Menschen, die in dem alten Gebet vereint war. Selbst die Kinder neben ihr bildeten keine Ausnahme, deutlich sprachen sie die Worte, die sie ihnen beigebracht hatte. Sprachen sie sie nicht fast zu deutlich? Harriet warf einen scharfen Blick nach rechts und links. Hier gab es irgendeine Rivalität. Nun, solange sie zwischen den beiden stand, konnte nicht viel passieren. Sie konnten sich ja schließlich nicht über ihre Person hinweg prügeln. Wie sehr fühlte sie sich in die eigene Kindheit zurückversetzt: diese heftigen heimlichen Kämpfe zwischen ihr und Tim während der Familienandachten. Man kniete neben dem Roßhaarsofa, oben geschlossene Augen und gefaltete Hände, unten zornig bohrende Ellbogen.

Im allgemeinen waren Kinder brav, wenn sie gutartig und richtig erzogen waren. Waren sie nicht gutartig, dann nützte auch die Erziehung nicht viel. Aber so etwas war in einer Familie wie dieser ja ausgeschlossen. Sie hatte Suzannahs Kinder aufwachsen sehen, und dann Suzannahs Enkel. Keine eigenen. Aber manchmal schien es ihr, daß alte Jungfern Kinder viel besser beurteilen konnten als Eltern. Kinder waren eine Gottesgabe. Immer wieder betrachtete sie mit ehrfürchtigem Staunen die neue Welt, deren Entwicklung sie ständig vor Augen hatte. So völlig neu, und doch mußte sie fortwährend dabei an die Vergangenheit denken. Da stand Sally und sah aus wie ihre Großmutter. Die Quelle neuen Lebens. Und die Unveränderlichkeit des Erbes.

Ihr kam es so vor, als widme man den Erbanlagen heute zuwenig Aufmerksamkeit. Wer redete schon davon, wenn von Ehe gesprochen wurde? Das galt als geschmacklos. Bei ihren Hunden und Pferden legten die Leute den größten Wert auf den Stammbaum. Aber der Mensch schien viel zu hoch erhaben, sich um Zuchtwahl zu kümmern. Ihrer Meinung nach der pure Unfug. In ihrer Jugend galt es jedenfalls nicht als geschmacklos, sich darüber Gedanken zu machen. Eltern sahen sich die Familien, in die ihre Kinder einheirateten, sehr genau an. Hatte ihr eigener Vater sie nicht vor einer schlechten Heirat bewahrt?

Und die Gallatins? Wer hatte sich diese Familie näher besehen? Harriet warf einen Blick auf die Gruppe ihr gegenüber. Marks Ahnenreihe war ebenso lang. Dieser Gedanke versetzte ihr einen nicht gelinden Schock. Wie war es um diese Menschen bestellt? Niemand wußte es – das war der Haken.

Gewiß, das Gardiner-Erbe war stark genug, um irgendwelche Entgleisungen auf der Gallatin-Seite wieder wettzumachen. Trotzdem sah sie mit Unbehagen auf diese Reihe von Gesichtern. Die glatten wohlfrisierten Köpfe, die eleganten Profile, alle in eine Richtung gewandt. Albert hielt den Kopf, als posiere er vor einer Kamera. Die Großmutter war eigentlich alt genug, um zu wissen, daß man einen solchen Hut nicht aufsetzt. Und Marks Vater sah zwar gut aus, hatte aber etwas von einem weichlichen Milchbart.

Outriert, entschied Harriet, oder zumindest europäisch.

Das war in ihrem Wortschatz kein Kompliment. Es ließ Parfüm und perlende Weine ahnen – vielleicht sogar Weihrauch? Auf jeden Fall etwas Verweichlichtes. Ihr waren Leute mit einem rauhen Zug lieber.

Aber den hatte Mark, und irgendwoher mußte er ihn haben. Vielleicht vom Großvater? Oder von seiner Mutter? Frances machte einen recht handfesten Eindruck. Aber weshalb hatte sie, wenn sie eine normale Frau war, nur zwei Kinder? Mark und dieses stramme Mädchen? Auch daran war etwas Europäisches – etwas Schwächliches. Die alten Familien Neu-Englands waren fruchtbar.

Wenn man es recht bedachte, hatte diese Familie ganze zwei Kinder hervorgebracht, die den Namen Gallatin weiterführten. Welch eine Belastung für Mark! Sein Onkel Albert hatte keine Kinder, obwohl er dreimal vor den Traualtar getreten war.

Harriet schüttelte kaum merklich den Kopf. »Was Gott zusammengefügt hat ...« Dreimal und kein Kind. Mochte Theodore sagen, Albert habe die Kinder seines Genies, seine Musik – sogar seine Schüler. Aber Harriet fand Seelenbräute albern, und Kinder des Geistes zählten einfach nicht. Zumindest nicht auf Erden. Vielleicht im Himmel. Was auf Erden zählte, war –

»O allmächtiger Gott, der Du das menschliche Geschlecht geschaffen hast ...«

Da war es endlich, das Gebet, auf das sie gewartet hatte. Doch nicht ausgelassen! Harriet atmete befriedigt auf.

»Gewähre diesen Deinen Dienern ... daß sie Kinder und Erben haben ...«

Nun konnte sie beruhigt sein. Sie war überzeugt, daß dieser Segen jede Gallatin-Schwäche tilgen würde.

»... und gib, daß sie ihre Kinder aufwachsen sehen ...«

Aber sie – Harriet hielt mitten in ihrem Lieblingsgebet inne – würde *sie* diese Kinder noch sehen? Die Kinder aus dieser neuen Ehe? Die Großenkel oder, vielmehr, Urgroßneffen und Urgroßnichten. Würde sie diese Kinder unterweisen können? Würde sie sie überhaupt jemals erleben?

Harriet machte hastig Bilanz. Im vergangenen Jahr hatte sie den kleinen Herzanfall gehabt. Die Ärzte behaupteten, es sei nichts Ernsthaftes, nur eine Warnung, aber man konnte nie wissen. Neunundsiebzig, achtzig, einundachtzig, begann sie zu zählen. »Herr, laß mich mein Ende schauen«, murmelte sie, »und die Anzahl meiner Tage ... wie lang ich noch zu leben habe –«

Nicht, daß sie sich etwa alt fühlte. Sie war noch rüstig, hatte keinerlei Gebrechen und konnte noch immer ein Kind fangen, das sich unter einem Sofa verkriechen wollte. Aber sie ging auf neunundsiebzig zu. Vater war mit achtzig gestorben. Mutter mit fünfundachtzig. Man konnte nie wissen. Würde sie überhaupt nächstes Jahr noch hier sein? Würde sie noch zu dieser ansehnlichen Gesellschaft gehören? Würde sie in diesem traulichen Raum sein können, der ihr so lieb und heimelig war, so sehr ein Teil ihrer selbst? Hier gehörte sie hin.

Sie ließ den Blick über die ihr vertrauten Wände gleiten, über die Bücher, von denen viele ihrem Vater gehört, über die Möbel, von denen viele im Elternhaus gestanden hatten, über den achteckigen Tisch, der heute beiseite geschoben war. Der schmale vergoldete Spiegel in der Ecke – hier wirkte er so klein – hatte früher einmal in der elterlichen Diele gehangen.

Ja, hier gehörte sie hin. Und die vertrauten Gesichter: Deborah und John, Henrietta und Don, und all die Enkel, für die ihre Anwesenheit so selbstverständlich war. Als ob sie ewig hier bliebe, ein fester Bestandteil wie der alte Spiegel in der Ecke. Dabei hing sie doch in Wirklichkeit nur noch sehr lose am Baum des Lebens, ein dürres Eichenblatt, das jeden Augenblick vom Ast fallen konnte.

»Ein flüchtiger Gast«, wiederholte Harriet bei sich, »wie es all meine Vorväter waren.«

Und dennoch, wie konnte man von den Jungen erwarten, daß sie das begriffen? Das hübsche Mädchen da drüben im grünen Kleid, Sallys Freundin Chrissie, die den jungen Franzosen verliebt ansah. Die dachten nur an sich und an ihre jungen Männer. Das war ganz natürlich. Selbst Deborah und Henrietta mit ihren ausgefüllten Tagen – wie konnten sie ständig daran denken, daß sie, Harriet, nächstes Jahr sehr wahrscheinlich nicht mehr unter ihnen weilen würde? Nun, sie konnte es sich ja selbst nicht ständig vor Augen halten oder es auch nur glauben. Unvorstellbar, aber vielleicht war sie nächstes Jahr nicht mehr hier.

Und der Tod selbst – der Gedanke an den eigenen Tod – blieb immer das gleiche. Ganz anders, als wenn man an den Tod eines anderen dachte, an den ihrer Mutter oder ihres Vaters oder auch Suzannahs. Man war ihm oft genug nah gewesen, in ihrem Alter war er einem ganz vertraut. Der Schleier, der die beiden Welten trennte, wurde sehr durchsichtig. »Mitten im Leben sind wir vom Tod umfangen.«

Aber der Gedanke an den eigenen Tod war irgendwie anders, beinahe wie das Sterben selbst. Da verspürte man zuerst eine Art Panik, ein Rauschen in den Ohren wie beim Ertrinken. Und dann wechselte man auf die andere Seite über, die geistige Seite. Und dort fühlte sie sich sicher, in Gottes Hand.

»Er wird mein Haupt aufheben« – sie stellte sich eine Hand unter ihrem Kinn vor, wie die ihres Vaters, als er ihr das Schwimmen beibrachte – »und mich in die stillen Wasser führen, zu den grünen Weiden auf der anderen Seite.« So war es immer, wie das Durchqueren eines Flusses, sooft sie an ihren Tod dachte. Da war der Augenblick des Ertrinkens – und dann das andere Ufer.

Sie stellte sich immer vor – wie in den Träumereien ihrer Jugend –, daß sie zu jener anderen Gemeinde gehören würde, der Gemeinschaft der Heiligen. Ihre Eltern, vielleicht Suzannah? Suzannah gelangte vielleicht noch vor ihr dorthin, obgleich sie jünger war. Ihr Bruder Tim. Eine Wohltat würde es sein, ihn wiederzusehen ohne diese alberne Frau. Im Himmel war man doch gewiß nicht an sein Gespons gefesselt? Schließlich sagte Christus, es gebe im Himmel kein Freien und Freienlassen.

Es war schwierig, sich den Himmel vorzustellen. Die Bilder der Kinderbibel waren verblichen, und das Gebetbuch drückte sich in diesem Punkt ziemlich unklar aus: von ihrer Mühsal ausruhend, von oben zuschauend. Ausruhend? Zuschauend? Nur zuschauen – tatenlos? Außerstande zu helfen, eine Hand zu rühren, einen Schuh zuzubinden? Harriets neu-englische Tatkraft wehrte sich gegen diese Vorstellung.

Aber letzten Endes war jede deutlichere Vorstellung vom Leben nach dem Tod ebenso schlimm. Dieser ganze Unsinn mit dem Tischrücken und spiritistischen Medien und indischen »Reinkarnationen« ging ihr gegen den Strich. Das war, wie wenn man das reine saubere Tageslicht durch die billigen Buntglasfenster in Bedürfnisanstalten betrachtete.

Nein, das alles war nichts für sie. Mochte Theodore sie auch für schulmeisterlich halten, sie wollte nicht, wie der Mann in der Bibel, fragen: »Wie werden die Toten auferstehen? Und mit welcherlei Leib werden sie kommen?« Man sollte nicht alles zu genau wissen wollen. Sie war überzeugt, daß der Himmel nicht von Ewigkeit zu Ewigkeit untätig sein konnte. Auch für sie würde sich dort eine Tätigkeit, ein Arbeitsplatz finden. »In meines Vaters Haus sind viele Wohnungen.« Gewiß halfen auch die Toten. Sie mußte warten, bis sie ihrem Kreis angehörte.

Vom Tode wußte man lediglich das eine genau, daß er kommt. Dieses Jahr? Nächstes Jahr? Man wußte es nicht. Man wußte nur, daß er kommen würde. Sie war noch auf ihrer Pilgerfahrt, sie mußte im Glauben wandeln. Früher oder später würde sie den Fluß durchqueren und das Ewige Leben finden.

»Ja, Liebes, was ist?« Ein Kind zog an ihrem Arm. Wärme durchflutete sie, es war, als zirkuliere das Blut wieder durch ein eingeschlafenes Glied, und Harriet verließ die frostigen Höhen des Jenseits und beugte sich flüsternd zu ihrem Großneffen.

»Nein, noch nicht, Syd. Sie machen nur Musik. Ich weiß, es ist ziemlich langweilig, aber später gibt es dann Eis und Kuchen. Gleich ist es soweit.«

Es gehört sich ja eigentlich nicht, aber was schadet es schon, dachte sie, als sie in dem Pompadour, der ihr vom Arm hing, nach kandiertem Ingwer kramte. Sie war vielleicht altmodisch, aber die Kinder mochten sie. Und bis zu dem Augenblick, da sie des Erbes der Heiligen teilhaftig wurde, konnte sie hier und jetzt ihres irdischen Erbes froh sein.

»*. . . vor dieser Gemeinde miteinander zu verbinden . . .*«

Chrissie verspürte den gleichen unheimlichen Schauder wie im Theater, wenn es plötzlich ganz still wird und der Vorhang knisternd und bebend aufbricht und sich teilt.

»*. . . diesen Mann und diese Frau . . .*«

Wie fremd und unpersönlich das klang! Das hatte nichts mit Sally zu tun, ihrer alten Schulfreundin, ihrer Zimmergenossin im ersten Collegejahr. Sal in Blue-jeans, Sal in ihrem lächerlichen Baby-Doll-Nachthemd, Sal mit Lockenwicklern im Haar. Damit konnte doch nicht Sally gemeint sein!

»*. . . die beiden hier gegenwärtigen Personen sollen nun miteinander verbunden werden . . .*«

Damit konnte jeder gemeint sein – diese beiden hier gegenwärtigen Personen – Mutter und Pappi, eh sie selbst geboren war. Auch sie waren einmal jung gewesen, so wie sie. Auch sie waren einmal verliebt gewesen wie Sally und Mark. Sie mußten ebenso dagestanden, dieselben Worte gehört haben.

»*. . . da ihr euch am schrecklichen Tag des Gerichts verantworten werdet, ersuche und ermahne ich euch beide . . .*«

Aber es war dann irgendwie schiefgegangen. Und vor gar nicht langer Zeit hatte Mutter das alles noch einmal gesagt, zusammen mit Spencer. An diese Hochzeit hatte sie eine ziemlich unklare Erinnerung, sie war damals noch recht klein gewesen. Es war merkwürdig, die eigene Mutter heiraten zu sehen, einen Fremden, der plötzlich da war – einen Stiefvater, komisches Wort.

Eigentlich war er gar kein Fremder – ihr Stiefvater. Sie mochte Spencer. Aber es war eine seltsame Hochzeit gewesen, zwei ältliche Leute, die das zweitemal heirateten – nicht wie *diese* Trauung.

Konnten sie denn die gleichen Gefühle gehabt haben wie Mark und Sally? Spencer war fast kahl, und Mutter war ein Schatz, aber eigentlich – um die Taille setzte sie Speck an, und dann diese Strähne, die sich ständig aus ihrem Haarknoten löste. Es konnte nicht Liebe sein. Liebe war etwas anderes, etwas viel Aufregenderes, das man in der Luft vibrieren spürte, wie heute in diesem Raum, ja sogar in den Blumen. Etwas, das Sally geschah –

»*... willst du diesen Mann zum Ehemann nehmen ...*«

Und auch ihr würde es bald geschehen. Bald, bald, hoffte Chrissie; sie konnte es kaum erwarten. Aber in gewisser Weise war sie auch froh, daß alles noch vor ihr lag. Sie konnte sich darauf freuen wie als Kind auf Weihnachten oder wie auf einen Ball, der einen erwartete und von dem man wußte, daß er herrlich werden würde.

Wann würde es soweit sein? Dieses Jahr? Nächstes Jahr? War es möglich, daß sie nächstes Jahr um diese Zeit verheiratet war? Mit wem? Mit einem, den sie kannte – mit einem, den sie nicht kannte? Mit einem hier in diesem Raum?

Ihr Blick fiel auf André, der ihr gegenüberstand. Er war der einzige Anwesende, der in Frage kam. Irgendwie erwartete man, daß Trauzeuge und Brautjungfer ein Paar würden. Auf seine Art sah er auch gut aus; dunkel, geheimnisvoll, aber immer mit diesem leicht arroganten Lächeln. Und wenn er sprach – nein, unmöglich – er nahm sich selber so ernst; nach einer Weile hätte sie genug davon. Nicht ihr Typ. Ganz und gar nicht. Da war sogar noch eher Mark ihr Typ.

Doch wo war *ihr* Mark? Sie konnte ihn sich nicht vorstellen, aber hier, nur wenige Meter vor ihr, stand Sallys Mark, stand da in seiner ganzen Länge und wurde mit Sally verheiratet. Noch nicht ein Jahr war vergangen, seit sie sich kennengelernt hatten, und jetzt wurden sie getraut.

»*Ich, Mark, nehme dich, Sally, ...*«

Sally – Mark: die Eigennamen, von Marks charakteristischer nüchterner Stimme gesprochen, wirkten inmitten des unpersönlichen Gottesdienstes wie ein Schock. Das waren nicht zwei

Fremde, Braut und Bräutigam auf einem Bild. Guter Gott, es waren ihre beiden Freunde Sally und Mark, die getraut wurden. Es war alles Wirklichkeit. Unglaubhaft, aber wirklich. Marks Stimme war wirklich und kräftig. Die Kinnpartie war gestrafft, und er sprach laut. Er war seiner völlig sicher.

Er war sich immer völlig sicher gewesen, erinnerte sich Chrissie, vom ersten Augenblick an, als er Sally auf jenem Skiausflug in Vermont gesehen hatte. Der geborene Sportler, Mark, jedenfalls auf den ersten Blick. Er sah einfach so aus. Er war ihnen schon vorher auf den Hängen aufgefallen, seine langgestreckte Silhouette, kerzengerade, in Wirklichkeit jedoch ganz ausbalanciert nach vorn geneigt. Und diese eleganten kleinen Drehungen der Füße, wenn er mit einem Christianiaschwung zum Stehen kam, wie ein Torero oder ein Tänzer.

Selbstverständlich war auch ihm Sally aufgefallen. Wem nicht? Diese blonde Mähne, die im Wind flatterte. Ihm war es von Anfang an ernst gewesen, aber Sally war sich nicht sicher gewesen. Es gab so viele Jungen. Abend für Abend hockten sie in ihrem Zimmer, sie und Sally, und hechelten sie durch; sie manikürte dabei die Nägel, Sally drehte sich die Locken auf. Ungerührt hatten sie sie untersucht, wie Kirschen in einem Korb, sie um und um gedreht und sich gedankenlos die fehlerhaften Stellen gezeigt. Damals waren Sally und sie unverwundbar gewesen, turmhoch über allen Sterblichen. Nie wieder – schrecklicher Gedanke – würde sie solche Gespräche führen – zumindest nicht mit Sally.

Aber damals waren sie nicht verliebt gewesen, sie machten sich keine Gedanken. Jungen waren einfach dazu da, daß man sie durchhechelte, sie etikettierte, aus purem Vergnügen. Sie wußte nicht mehr, wer die Kategorien aufgebracht hatte, diese vier Bezeichnungen aus ihrem Privatvokabular: Zündfunken, Blinker, Würdige und Klötze.

Jede hatte ein paar Würdige an der Hand. Die Würdigen waren die Söhne von Freunden der Eltern. Verläßliche Knaben vom Typ Großer Bruder. Vor ihnen konnte man sich mit Schnupfennase und ungewaschenen Haaren zeigen. Sie waren nicht aufregend, aber entschieden besser als die Klötze. Klötze waren meist die Vettern anderer Mädchen, die in letzter Minute angeschleppt wurden. Für alle waren sie einfach Klötze. Man sah es auf den ersten Blick, Klötze waren unverkennbar und änderten sich nie. Würdige jedoch waren natürlich mal so, mal so. Da kannte man sich nie so recht aus. Wer für die eine ein

Würdiger war, war vielleicht für die andere ein Blinker; man konnte es nicht wissen. Blinker waren in unauffälliger Weise durchaus attraktiv, und nach ein paar Verabredungen entdeckte man meist ihre guten Seiten. Sie verfügten auch über eine gehörige Portion Humor, was sie den Würdigen überlegen machte. Sal behauptete immer, ihr seien die Blinker am liebsten.

Aber Blinker eroberten das Herz nie im Sturm wie die Zündfunken. Zündfunken waren Chrissies Ideal. Man erkannte sie sofort, wie die Klötze, nur daß sie eben das genaue Gegenteil waren. Sie waren die Helden des Campus, die blendenden Skiläufer, manchmal auch die Angeber.

Mark war kein Zündfunke. Von Anfang an hatte Sal ihn für einen Blinker erklärt. Aber davon war Chrissie nicht ganz überzeugt. Manchmal glaubte sie – und fühlte sich dabei wie ein Verräter –, Mark sei vielleicht nur ein verkappter Würdiger. Aber sie brächte es nie über sich, Sally das zu sagen – nie mehr – jetzt nicht mehr.

Mußte man einen Würdigen heiraten? überlegte Chrissie. Oder wenigstens einen Blinker? Sie nicht. Sie wollte einen Zündfunken, auch wenn Mutter behauptete, sie seien unzuverlässig und würden niemals häuslich. Mutter war häuslich, das *war* es ja. Wie konnte sie sich da noch erinnern, wie man mit achtzehn empfindet? Wie das war, wenn einen jemand einfach faszinierte...

Oh – Chrissies Gedanken hielten jäh inne, als tue sich eine Kluft vor ihnen auf – *Pappi*. War *er* vielleicht ein Zündfunke gewesen? War es deshalb schiefgegangen – mit Mutter und Pappi?

So weit, bis in die Jahre vor der Scheidung, reichte ihre Erinnerung nicht zurück. Sie schien über und über mit Schnee bedeckt, diese Landschaft. Jetzt war sie in einer ganz anderen Landschaft, friedlich wie Weideland, aber flach und so gar nicht aufregend. Es war gemütlich zu Hause mit Mutter und Spencer. War Spencer ein Blinker? Vielleicht in Mutters Augen. Zuverlässig, gewiß, aber langweilig. Eben einfach nicht ihr Typ.

Die Unzuverlässigen – nun, die Einsamkeit, die Pappi beim Weggehen hinterließ, hatte sie schon fast vergessen. Sie erinnerte sich nur, wie aufregend es war, wenn er plötzlich auftauchte, wie er das immer tat – einfach unverhofft auftauchte, sie am Schopf packte und mitnahm zu einem vergnügten Bummel oder ins Theater. Wie sie sich mit Schokolade-Eclairs und Eiscreme-Sodas vollstopfen durfte oder mit einem neuen Fahrrad oder einem festlichen Kleid überrascht wurde, das Mutter nie hätte bezahlen können.

Und dann ließ er sie natürlich wieder allein. Gott, war das grauenhaft. Sie spürte noch heute, wie weh das tat. Immer hoffte man, es würde kein Ende nehmen. »Diesmal bleibt er«, redete man sich ein, und dann ging er, ohne ein Wort, und blieb monatelang fort. Sie lag oft nachts wach und grübelte, wie er sie lieben und doch einfach so fortgehen konnte, oder ob Mutter ihn fortgeschickt hatte. Mutter rümpfte stets die Nase wegen der Schokolade-Eclairs (sie hatte am nächsten Tag einen verdorbenen Magen) und wegen des unpraktischen Festkleidchens – und ganz besonders wegen des gelben Cabriolets, das er ihr zum Schulabschluß geschenkt hatte. Später kam Chrissie der Gedanke, daß Mutter vielleicht eifersüchtig war.

Trotzdem war es wunderbar, wenn Pappi in der Schule erschien und sie fürs Wochenende mitnahm oder all ihre Freundinnen in das teuerste Restaurant am Platz einlud! »Der ist ja toll, Chris!« Die Mädchen benahmen sich wie verrückt mit ihm. Er konnte Charleston tanzen; er wußte noch, was Jungsein hieß; er *war* noch jung. Alle waren von ihm geblendet. »Hast du ein Glück, Chris!« Das fand sie auch. Aber er ging fort. Wenn man nur so einen bekäme, nicht nur fürs Wochenende, sondern für ganz, für immer –

»*Segne, Herr, diesen Ring, daß der, der ihn gibt, und die, die ihn trägt* . . .«

Sallys Hand streckte sich Mark entgegen, eine kleine weiße Hand schob sich aus dem weißen Seidenärmel. Aber sie zitterte, Chrissie sah es. Arme Sally! Hatte sie solche Angst? Vor Beginn der Feier hatte sie Angst gehabt, Chrissie wußte es, und fast wäre sie gestolpert, auf den Stufen ins Wohnzimmer – genauso wie damals bei der Abschlußfeier in der Schule. Damals war Sal mit dem Absatz an einer der Stufen zum Turnsaal hängengeblieben. Sie wäre der Länge nach hingefallen, wenn Chris sie nicht am Arm gepackt hätte.

Aber nun konnte sie Sally nicht mehr am Arm packen. Sie war fort, hatte sich von ihr abgewandt, war in eine andere Welt eingegangen, eine Welt der Brautkleider und Ehemänner und Flitterwochen. Hatte man in dieser Welt auch noch Angst?

Würde es ihr selbst auch so gehen, wenn sie am Traualtar stand? Was ließ einen vor Beginn der Trauung erzittern? Wovor hatten sie alle Angst? Es schien ein so ungeheuerlicher Schritt: »Bis an ihr Lebensende.« So unabänderlich: »Bis daß der Tod uns scheidet.« Wie konnte man sicher sein, daß er der richtige Mann war?

Irgendwo mußte es den richtigen Mann geben, so wie auf einer Stange in einem Laden der richtige Mantel auf einen wartet. Bei einem Mantel brauchte man nichts anderes zu tun, als ihn anzuprobieren und sich im Spiegel zu betrachten. Und dann sagte man selbst, die Freundin und die Verkäuferin wie aus einem Munde: »Genau der Richtige – genau richtig, Schätzchen.«

Aber einen Mantel konnte man immer umtauschen, wenn es nicht gerade ein Ausverkaufsstück war. Einen Ehemann jedoch nicht. Da gab es kein »zur Ansicht«. Und wie sollte man sich da auskennen? Wußte man es im ersten Augenblick, wie im Film? Die Blicke begegneten sich »mitten im Gewühl«, und dann »wußte man«? Aber das war ihr schon mehrmals passiert, und kaum waren sie dann in einem geparkten Wagen nebeneinander gesessen, hatte sie gar nichts mehr gewußt. Natürlich spürte sie ein Ziehen in der Magengrube, wenn sie geküßt wurde, aber das war bloß Sex. Oder war das vielleicht schon alles?

Woher wußte man, ob es die große Liebe war? Würde es völlig anders und neuartig sein? Auf einer gänzlich anderen Ebene? Oder vielleicht nur mehr von dem, was man bereits kannte und seit dem Backfischalter mitgemacht hatte? Würde es eine langsam sich anbahnende sichere Sache sein – der Nachbarsjunge, den man sein ganzes Leben lang gekannt hatte und von dem man eines Tages wußte, daß man nicht ohne ihn leben konnte? Oder würde es der große Unbekannte sein, der auf einer Gesellschaft wortlos auf einen zukam? Der einen beinahe grob am Arm nahm, und man folgte ihm und wußte: »Das ist's.«

Aber würde man es wirklich wissen? Das war die Frage. Wenn es nur eine zuverlässige Möglichkeit gäbe, um dahinterzukommen! Faule Eier zum Beispiel schwammen auf dem Wasser, und bei Schwangerschaft gab es Froschtests. Für Liebe und Ehe gab es keine unfehlbaren Tests. Nichts, auf das man sich verlassen konnte. Man konnte nicht einmal jemanden fragen.

Man *konnte* – aber was hatte es für einen Sinn? Die Mädchen aus ihrer und Sallys Bekanntschaft, die von der Schulbank weg geheiratet hatten – nicht eine von ihnen würde etwas anderes sagen, als daß sie wunschlos glücklich sei, ausgenommen die Todunglücklichen. Und mit denen konnte man nicht reden, die waren für den Rest ihres Lebens verbittert.

Es schien, als wollte einem niemand die Wahrheit über Liebe und Ehe sagen. Niemand hatte so viel Erfahrungen gesammelt, daß er abgeklärt war und ohne Vorurteile darüber sprach. Und die Fehlschläge waren so grauenhaft. Man hatte sein ganzes Geld für den Mantel ausgegeben, und kaum hatte man ihn zu Hause, sah man, daß er keineswegs der richtige war; es war nicht der Mantel, der zu einem paßte, und man konnte ihn nicht einmal mehr zurückgeben. Man blieb darauf sitzen.

Natürlich *konnte* man ihn zurückgeben. Es gab ja die Scheidung. Mutter war geschieden; aber wer wollte mit dem Glücklichsein schon bis zur Schwelle des Alters warten? Was nutzte es einem, wenn das Leben praktisch vorüber war? Dann war bestimmt alles ganz anders. Mutter und Spencer verliebt – das hatte etwas Lächerliches, beinahe Ungehöriges. Wie konnten zwei ältliche Menschen einander »anhangen«? Und all diese Worte und Gefühle noch einmal wiederholen?

Sich nach der Eheschließung ineinander verlieben, das gab es nicht – was auch immer in den Büchern stand. Vor der Ehe, ja, da sollte man sich natürlich immer wieder und wieder verlieben, bis man den Richtigen fand, bis das »Glöckchen« läutete. Und wenn nun das Glöckchen einfach nicht läutete? Oder wenn es jedesmal läutete, sooft einen ein Junge abknutschte? Woran sollte man die große Liebe erkennen?

Zu Mutters Zeiten war es anders gewesen, soweit sie und Sally herausgefunden hatten. Damals setzte sich ein anständiges Mädchen nicht mit einem Jungen ins Auto oder ließ sich küssen, ehe ihm ein Heiratsantrag gemacht war. Aber wenn einen heute ein Junge ins Kino einlud, ohne beim Abschied einen Kuß zu verlangen, fühlte man sich eigentlich beleidigt.

Die Mütter hatten sich bis zur Ehe überhaupt nicht mit Jungen eingelassen. Vielleicht während der Verlobungszeit, aber nicht einmal das gaben sie zu. Niemand sagte einem, wie das war, wenn man sich liebte – wie das war, wenn einem einfach alles egal war. Nie erfuhr man die ganze Geschichte. Nicht einmal in den modernen Romanen oder in psychologischen Abhandlungen oder statistischen Berichten. Alle redeten sie darum herum, aber das eigentlich Wichtige wurde immer ausgelassen. Genau wie bei den ersten Aufklärungsfilmen, die man ihnen in der Schule gezeigt hatte.

Welch eine Farce war dieser Abend gewesen! Mütter und Töchter sollten gemeinsam erscheinen. Aber die Mädchen wären lieber gestorben, als daß sie sich neben ihre Mütter gesetzt hätten. Das taten nur die Streber. Sie und Sal saßen in der ersten Reihe, kicherten und zeichneten Karikaturen, bis das Licht ausging. Die Mütter saßen hinten, strickten und tratschten. Alle betrachteten aufmerksam die exakten kleinen Diagramme des Uterus und die allmähliche Veränderung des weiblichen Körpers, die da fein säuberlich über die Leinwand huschten. So säuberlich und ordentlich, nicht die leiseste Ähnlichkeit mit Fleisch und Blut. Dann ging das Licht wieder an, und alle blinzelten und verhielten sich ganz still.

»Irgendwelche Fragen?« erkundigt sich Miß Abbott mit forscher Stimme. Keine Fragen – welcher Idiot würde eine Frage stellen? Man hörte nur das geruhsame Klicken der Stricknadeln im Hintergrund des Saals.

»Hast du alles verstanden, Liebes?« hatte Mutter später gesagt. »Klar«, hatte sie geantwortet, sie hörte sich noch: »Klar.« Sie verstand durchaus, was geschah, wenn der kleine Same auf das Ei stieß. Das war auf dem Bild ganz deutlich zu erkennen, alles lief in diesen kleinen Kanälen hin und her. Nur daß einem nie gesagt wurde, wie der Same eigentlich da *hinein*gelangte. So war es immer. Das Wichtigste von Sex oder Liebe wurde ausgelassen. Sie wußte natürlich, daß sie völlig hinterm Mond war. Kein Wunder, hatte sie doch immer nur ihre Mutter gehabt. Die Generation konnte man nicht fragen. Und sie schämte sich, andere Mädchen merken zu lassen, wie wenig sie wußte, obgleich sie seit Jahren darüber sprachen – über Liebe und Sex und all die Schauergeschichten, die damit zu tun hatten. Sie konnte nicht mit solchen Geschichten aufwarten, aber sie war eine begeisterte Zuhörerin. Was alles im geparkten Auto passieren konnte; wie weit man gehen durfte; wer schon und wer noch nicht; endlose Diskussionen über empfängnisfreie Tage und todsichere Verhütungsmittel und scheußliche Pannen. Das Mädchen, das hereingefallen war und nach Europa mußte, und was der passiert war.

Das Komische war, daß sie ihre Moralgrundsätze hatten, auch wenn Mutter das nicht glaubte. Im Grunde, dachte Chrissie, waren sie viel moralischer als die ältere Generation. Trotz – oder vielleicht gerade wegen – ihres Herumprobierens. Sie mußten Gesetze haben, um sich zu schützen; niemand sonst schützte sie. Die Gesetze hinderten sie nicht am Probieren, aber wahlloses Herumprobieren war verpönt. Das Ideal war ein fester Freund, sogar schon in den allerersten Klassen. Ihre Mutter schauderte bei dem Gedanken. Aber war es im Grunde nicht richtig? Sie war immer noch davon überzeugt, sogar jetzt.

Alle Mädchen, die sie kannte, sehnten sich nach Treue, wollten nichts als einen Menschen, auf den sie sich verlassen, dem sie ewig treu sein konnten. In dieser Hinsicht hatten sie viel strengere Grundsätze als ihre Eltern. Lena hatte da genau die richtigen Worte gefunden. Sie heiratete sofort nach der Abschlußprüfung. Viel zu früh, sagten alle, aber Lena war ihrer Sache sicher; sie wußte, was sie tat. Nie würde Chrissie jenen Nachmittag in dem winzigen Badezimmer vergessen, als Lena den Säugling badete. Sie brauchte nicht einmal Fragen zu stellen; sie saß einfach da und atmete den warmen Duft von Baby-Öl und Seife in tiefen Zügen ein und hörte Lena zu, wie sie ihrer Mutter nie zugehört hatte.

»Man kann mit den Eltern einfach nicht darüber sprechen, Chris«, hatte Lena gesagt, den Kopf des Säuglings in der Beuge des rechten Arms. »Die sind so engstirnig. Sie können nichts dafür, sie sind so erzogen worden. Und außerdem« (sie hob den Säugling geschickt auf das Badetuch in ihrem Schoß) »haben sie so schreckliche Angst, man könnte in die Hoffnung kommen, daß sie einfach den klaren Blick verlieren. Sie erzählen dir nur von den scheußlichen Folgen. Niemals wirst du von ihnen etwas Gutes über das Geschlechtliche hören.«

»Wenn sie es täten« – Lena machte eine kleine Pause und drückte den Kopf des Säuglings zärtlich an ihre Wange –, »würden wir vielleicht begreifen, weshalb es besser ist, wenn man nicht zu weit geht.«

»Nie erzählen sie einem –«, wieder hielt Lena inne, und Chrissie fürchtete schon, sie würde nun doch nichts erfahren.

»Nie erzählen sie einem, wie wunderbar es ist, wenn einen der richtige Mann umarmt.« Lena schloß den Deckel der Kinderbadewanne und machte sich daran, den wild strampelnden Säugling zu wickeln. »Dein ganzer Körper erwacht zum Leben, sobald er ihn berührt. Als hätte er nie zuvor gelebt, als hätte er geschlafen. Oder wie ein Stein, der mit einemmal Fleisch wird; er erweckt ihn zum Leben. Es ist wie ein Wunder«, hatte sie abschließend gesagt.

Chrissie war in diesem Augenblick erbebt, und sie erbebte immer noch, sooft sie sich zurückerinnerte. Lena faltete weiter Windeln und steckte sie zusammen. »Aber wenn du jeden wahllos an deinen Körper läßt«, fügte sie hinzu, »dich abfingern läßt – ja, dann geschieht das Wunder nicht. Dann gibt es kein Wunder.«

Chrissie wußte, daß es das Wunder war, an das sie glaubten und auf das sie warteten. Noch immer wollte sie wie Galatea in der griechischen Sage erweckt werden. Durch einen Kuß würde der Marmor sich in Fleisch verwandeln; aber der Richtige mußte sie küssen, wie Lena es gesagt hatte. Es gab nur einen, der für sie bestimmt war, der auch in diesem Augenblick, sie fühlte es, auf sie zukam, der unaufhaltsam ihr entgegenritt – genau wie in einem altmodischen Western. Das war schrecklich kitschig, aber so stellte sie es sich immer vor – einer ritt ihr entgegen. Sie wußte nicht, wie er hieß oder wie er aussah, aber sie war überzeugt, daß er kommen und daß sie ihn erkennen würde. Er würde anders sein als alle anderen; anders als André, der so feierlich da drüben stand; anders als Chuck, der ein Draufgänger war; anders als Bill, der an jedem Finger ein Mädchen hatte und auf den man sich nie verlassen konnte; anders als Mike, der sie einmal geküßt hatte und der dann gegangen war – nun, ein bißchen doch wie Mike. Er würde nur ihr gehören. Und irgendwie würde sie ihn erkennen, wie das Leitmotiv in einer Ballettmusik. Wenn sie es hörte, würde sie es wissen.

Bis jetzt hatte sie es nur von fern gehört. Manchmal hatte sie es näherkommen gefühlt – als Mike sie geküßt hatte. Oder in solchen Momenten wie bei dieser Hochzeit fühlte sie es kommen – immer gleich: wie eine Frühlingsnacht, die Fenster sind geöffnet, und der laue Wind bauscht die Vorhänge und weht eine Welle von Süße und Wärme ins Zimmer herein. Frühling und Liebe und Leben wehten durch das Fenster herein, bauschten die Vorhänge, preßten ihr Kleid an ihren Körper, hoben sie beinahe vom Boden auf – wie der langsame Satz von Beethovens Neunter, süß wie Honig, quälend, erhebend.

Es kommt, sagte die Musik.

Ja, aber was kam? Wer, o wer? Und wann?

Man wußte es nicht. Man würde es nicht wissen, bis es da war. Aber es kam unaufhaltsam, dessen war sich Chrissie sicher. Darauf konnte sie sich verlassen. Es würde kommen, so gewiß wie der Frühling, so gewiß, wie die Zukunft auf sie einstürmte. So gewiß, wie dieser Gottesdienst nun auch zu Ende ging und Mark Sallys Schleier hob, um sie zu küssen.

Chrissie spürte das Erschauern, das Sally durchlief. Es durchlief auch sie. Sie schloß die Augen und spürte es in der Magengrube, als drehte sich die ganze Welt in ihr. Wie Sex – vielleicht wie ein Baby, das sich im Mutterleib umdreht. Chrissie ahnte die Übermacht dieses Augenblicks. Oh, hauchte sie, es wird auch zu mir kommen, auch zu mir!

»Ich, Mark . . . dich, Sally . . .«

Mark sprach. Die vertraute Stimme des Freundes ließ André zusammenzucken und verlegen um sich blicken. Richtig, er war ja hier in einem amerikanischen Wohnzimmer; es war Nachmittag, und Mark heiratete.

Er holte sich aus der verschlafenen Anonymität zurück, in die er gleich zu Beginn des Trauungsgottesdienstes versunken war. Da war Mark, sein Freund Mark, der durch Onkel Pierres Austauschprogramm zu ihm nach Frankreich gekommen war und in dessen Familie er nun ein ganzes Jahr verbracht hatte. Sein bester Freund hierzulande. Und er selbst war Marks *bestman*, wie man den Trauzeugen oder was auch immer in Amerika nannte. Seinen besten Anzug hatte er jedenfalls an, so wie Mark, der da ein paar Schritte weit von ihm stand und jene Worte wiederholte. Weshalb kam ihm alles so unwirklich vor? Ein fremder Gottesdienst, den ein fremder Priester in einer fremden Sprache abhielt.

Aber eigentlich war er der Fremde hier im Raum, nicht umgekehrt. So oft schon hatte er sich das klarmachen müssen, er konnte sich einfach nicht daran gewöhnen. Schon wieder einmal befand er sich inmitten einer amerikanischen Familie, einer intimen häuslichen Feier (zu der man in Frankreich kaum einen Amerikaner bitten würde), und wie üblich fühlte er sich völlig als Außenseiter, als ein Fremder, allein. Natürlich war er nicht allein. Er war mit Onkel Pierre gekommen. Wäre Onkel Pierre nicht gewesen –

André betrachtete den Onkel, der neben ihm stand, die untersetzte Gestalt, die hohe Stirn, das spärliche, an den Schläfen gelichtete Haar, das scharfe graue Auge, in dem heute nicht ein Funke Humor zu entdecken war. Onkel Pierre fühlte sich ebenso unbehaglich wie er. Sie waren beide Fremde, obgleich Onkel Pierre hier sein ganzes Leben als Dozent verbracht hatte, mit Ausnahme der Kriegsjahre. Wie ertrug er nur das Fernsein von Frankreich? Schon das eine Jahr als Austauschstudent fiel einem schwer genug.

Nicht, daß man ihn nicht herzlich aufgenommen hätte. Amerikaner waren immer herzlich. Als Marks Freund standen ihm alle Türen offen. Hier bei der Hochzeit waren ihm alle Mitglieder von Sallys großer Familie völlig unvoreingenommen begegnet. In Amerika wurde der Fremde sofort, ja begeistert willkommen geheißen, gewissermaßen in eine große Empfangshalle geführt, und dann – nun, André schien es, als stehe man dann nur herum, erwartungsvoll, gelangweilt, und komme nie mehr einen Schritt weiter.

Lange Zeit hatte André das Gefühl gehabt, man verwehre ihm den Zugang zu der Sphäre, in der sich das eigentliche Leben amerikanischer Familien abspielte. Nicht, daß ihn das sonderlich gestört hätte. Selbstverständlich schloß man ihn aus der *intimité* einer amerikanischen Familie aus, so wie man einen Amerikaner in Frankreich ausgeschlossen hätte. Aber diese herzhafte Begrüßung schien irgendwie mehr zu versprechen – der feste Händedruck, der offene Blick in diesen klaren jungen Augen.

Das alles hatte er gerade heute nachmittag durchgemacht. All diese freundlichen Menschen drückten ihm warm die Hand und sahen ihm tief in die Augen, als solle er in eine Bruderschaft aufgenommen werden. Immer wieder erging es ihm so. Und dann folgte die übliche, keineswegs böswillige Vernachlässigung. Man kam nicht umhin, es als einen Ausschluß zu empfinden.

Aber vielleicht war es gar kein Ausschluß. Vielleicht waren die Amerikaner genauso herzlich, wie sie wirkten. Sie öffneten einem alle Türen und teilten freigebig, was sie hatten. Hatten sie vielleicht einfach nicht mehr zu geben? Nichts sonst? Nur diese lärmende, halb öffentliche *salle d'attente*, in der sich alles abspielte, und überhaupt keine stille Sphäre, keine *intimité* im Sinne einer französischen Familie?

Selbst in Marks Elternhaus, das er so gut kannte, hatte er diese Sphäre nie gefunden. Sie waren gut Freund, natürlich, aber das gab ihm noch keineswegs das Gefühl eines Zuhause. Marks Mutter adorierte er, aber nicht so sehr als die Zentralfigur einer Familie, als den Mittelpunkt des Haushalts, um den sich das Alltagsleben drehte, sondern mehr als einzelne Person. Er hatte den Eindruck, daß sie alle Einzelwesen waren, lose und nicht ohne Widerstreben zu einer Familie verknüpft.

Auch Mark war für ihn stets ein Einzelner gewesen, getrennt von seiner Familie, bis heute. Heute – welch große Überraschung – war er plötzlich die Zentralfigur einer großen Sippe. In seinem besten dunklen Anzug stand er da, feierlich, aufrecht und dekorativ, mit einem Schlag in den idealen jungen Mann verwandelt, in den Sohn des Hauses, dem alle Blicke galten, in die künftige Stütze der Familie.

Eine beachtliche *entourage*, Marks Familie, dachte André und blickte von einem Gesicht zum anderen. Er hatte sie noch niemals vollzählig gesehen. Wie sehr Mark ihnen allen ähnelte, zumindest äußerlich! Die vertrauten Züge seines Freundes wurden von allen Seiten widergespiegelt, wie ein aus vielen Teilen zusammengesetztes Bild, das die einzelnen Verwandten abgeschwächt und verzerrt zurückwarfen. Da war Mark, ins Weibliche verfeinert in seiner Schwester und in seiner Mutter; Mark, im Alter erstarrt in seiner Großmutter; Mark, vom Erfolg der reifen Jahre gebläht in seinem Onkel; und schließlich – war es möglich? – Mark, durch Ausschweifungen entstellt in seinem Vater. Stand all dies seinem Freund bevor – seinem unbeschwerten heiteren Freund? Nein, o nein, unfaßbar.

Aber der wahre Mark, wo war er? Der junge Student, der den Sommer mit ihm in Frankreich verbracht hatte. Mark, wie er ihm zum erstenmal begegnet war – scheu damals, so wie junge Amerikaner scheu sind, nicht steif und reserviert wie die Engländer. Hatte man ihm diese Scheu genommen, dann erwies er sich als täppisch-rechtschaffen und kindlich bemüht, Freundschaften zu schließen, zu reden.

Und wie sie geredet hatten, jeder ein Glas Bier vor sich, an einem Kaffeehaustisch auf der Straße, wie sie sich über Bücher und Ideen, Philosophie und Politik ereifert hatten, und dann, gehemmt und vorsichtig, auf ihr Leben und ihre Familie zu sprechen gekommen waren. Ganz zum Schluß erst berührten sie, zu ihrem eigenen Erstaunen, in kurzen, unzusammenhängenden Sätzen das faszinierende Thema Mädchen und Flirts. Dabei hatte er zum erstenmal von Sally gehört, einer strahlenden fernen Gestalt, die für ihn wie irgendein Hollywood-Starlet auf einer imaginären Leinwand flimmerte.

Sie war nicht die einzige. Wie gut hatten es die in Amerika, dachte André. Das *faire l'amour* war so einfach – sogar für die Teenager. All die geparkten Autos, und Jungen und Mädchen fuhren unbeaufsichtigt ins Wochenende. So völlig verschieden von den Vorstellungen, nach denen er erzogen worden war. Kein französisches Mädchen seiner Bekanntschaft würde im Traum an so etwas denken – jedenfalls nicht in diesem Alter.

Hier in Amerika wurden sie rasch erwachsen und heirateten früh. Mark war das typische Beispiel: frisch vom College, noch ohne Beruf, ja ohne seine berufliche Laufbahn auch nur begonnen zu haben, stand er da vorn und ließ sich trauen. Phantastisch! Ein junger Franzose würde das für Wahnsinn halten. Könnte es sich vor allem gar nicht leisten. Natürlich hatte Mark Geld, das war der Unterschied. Wie viele Jahre noch, ehe er, André, eine Frau ernähren konnte! Hier wären es nicht so viele. Amerika war das Land zum Geldverdienen, sagten alle. Onkel Pierre drängte ihn, hierzubleiben. In gewisser Hinsicht war es recht verlockend: er würde rascher vorankommen, früher heiraten.

Aber selbst dann – wollte er wirklich an Marks Stelle stehen, jetzt schon und fürs ganze Leben an eine Frau gebunden? Für Mark war Schluß mit dem Herumtändeln, Schluß damit, in allen Hauptstädten der Welt danach auszuschauen, welche Mädchen die schönsten Beine oder die hübschesten Gesichter hatten. Von jetzt an war ihm seine Rolle vorgeschrieben, die Rolle des achtbaren Ehemannes. Armer Mark! André bekam Mitleid mit dem ernsten jungen Mann, der dem Pfarrer gegenüberstand.

Er versuchte sich die Zukunft des Freundes vorzustellen: Mark, der als gewissenhafter Familienvater vom Kopfende des Eßtisches aus seine Kinder zurechtwies oder als gesetzter Bürger zum Sonntagsgottesdienst schritt, oder am Sonntagnachmittag im Garten buddelte und Obstbäume beschnitt.

Taten Amerikaner so etwas? Nein, vermutlich nicht. Sie mähten in Hemdsärmeln den Rasen. Nun schön, dann schob er eben den Rasenmäher oder den Kinderwagen. Kein Herumflitzen mehr für Mark, keine Zweifel mehr und keine Verwirrung. Er hatte auf seinem eigenen Grund und Boden Wurzel gefaßt.

Um diese Wurzel und um diesen Boden beneidete André ihn eher. Nicht jedoch um Sally. Um Sally ganz und gar nicht. Er betrachtete sie jetzt, wie sie da neben Mark stand. Zerbrechlich und zart war sie heute, bezaubernd in diesen duftigen Spitzen; aber es war eine Art Maskerade. In Wirklichkeit war sie ein lustiger Lausbub, tüchtig und anziehend. In Blue-jeans, das kurzgeschnittene Haar vom Wind zerzaust – das war die wahre Sally.

Nein, amerikanische Mädchen waren nichts für ihn. Gewiß, sie waren reizvoll, hübsch und freundlich wie Chrissie, die sich gestern abend auf ihn gestürzt hatte. (Wie sie sich auf einen stürzten, diese amerikanischen Mädchen!) Und er war gewiß einsam. Aber sie konnten die Leere nicht füllen. Wenn er über den Campus eines Mädchen-Colleges schlenderte, fiel ihm manchmal der Satz ein, den er als Kind in sein Englischheft hatte schreiben müssen: »Wasser, Wasser, wohin ich schau, aber nicht ein Tropfen zum Trinken.« Genauso kam es ihm vor. Amerikanische Mädchen konnten seinen Durst nicht stillen.

Weshalb nicht? Woran lag das? Ihm schien es immer, als wären sie keine richtigen Mädchen. Erschreckend offen und ungehemmt wie Kinder, aber ihrer Weiblichkeit oder auch nur ihrer Geschlechtlichkeit nicht wirklich bewußt - trotz schulterfreier Abendkleider und Freudscher Redewendungen und ungezwungenem Benehmen in den geparkten Autos. Ihm schien es, als spielten sie mit Sex wie kleine Mädchen, die in die Kleider ihrer Mütter schlüpften. Oder – nein, eigentlich mehr wie kleine Buben, die Krieg spielten und mit Munition um sich warfen, ohne zu wissen, was das war oder wie man damit umging.

Französische Mädchen waren anders; vielleicht koketter, aber weniger aggressiv. Sie kannten die Regeln des Spiels von Anfang an und spielten es mit mehr Feingefühl. Sie erwarteten, anders als Jungen behandelt zu werden, sie erwarteten Komplimente und kleine Aufmerksamkeiten, sogar ein wenig Ritterlichkeit. Denn worin bestand sonst der Sinn – oder der Spaß – eine Frau zu sein?

Französische Mädchen wußten instinktiv, was es hieß, eine Frau zu sein. Paulette hatte das schon mit zwölf oder dreizehn gewußt. Für sie war es selbstverständlich, daß er sie als Frau behandelte, und sie genoß es. Wenn man hier ein amerikanisches Mädchen ausführte und ihr ein Kompliment machte, dann mußte man darauf gefaßt sein, daß sie einen deswegen auslachte, wie Chrissie gestern abend.

Chrissie und Paulette – welch himmelweiter Unterschied! Aus dieser Entfernung ließ ihn Paulette an ganz bestimmte frühe Frühlingsblumen denken, wie er sie zur Osterzeit in den Wäldern suchte, Blumen, die nur in seinem Wald wuchsen und eingehen würden, wenn man sie in diese metallische Hemisphäre verpflanzte.

Aber ein amerikanisches Mädchen – er konnte sich einfach nicht vorstellen, jemanden zu heiraten, der nicht Frankreich zum Hintergrund hatte wie einen Gobelin. Einen französischen Gobelin mit seinen sanften Farben, seinem kunstvollen Gewebe. Die Farben eines amerikanischen Mädchens würden niemals dazu passen. Zu laut und grell. Wie konnte man ein Mädchen in Blue-jeans vor einen französischen Gobelin stellen! Blue-jeans gab es überall, sogar in Paris, aber dort beleidigten sie sein Auge.

Onkel Pierre hatte Glück gehabt; er hatte ein französisches Mädchen gefunden, das gewillt war, mit ihm nach Amerika zu gehen. Sie waren gemeinsam gegangen und hatten ihren Gobelin mitgenommen. Er war ein Teil ihres Daheims, des einzigen Orts in Amerika, wo er sich daheim fühlte. Mit einem solchen Rückhalt konnte man vielleicht in Amerika leben. Denn zum Arbeiten und um etwas zu erreichen, war Amerika bestimmt der richtige Ort. Da hatte Mark recht. Zu Hause war man immer noch von den Spinnwebfäden der Überlieferung behindert. In Amerika riß einen der gewaltige Sturmwind der Energie mit fort. Ob das immer noch der Pioniergeist war, von dem Onkel Pierre sprach, dieses stetige Vorwärtsdrängen?

Aber wie konnte man hier leben? Immer wieder kam André auf dieses Problem zurück. Könnte er sich jemals mit dieser Welt des Tempos und der Leere befreunden? Dem amerikanischen Heim schien das Herzstück zu fehlen, das in Frankreich, aber auch hier, im Hause seines Onkels und seiner Tante, die Familie und die nahen Freunde anzog. Wo würde er es einmal finden? Zu Hause in Frankreich? Hier in Amerika? Und mit wem? Hatte Mark es mit Sally gefunden, als er versprach, sein Leben lang daran festzuhalten? Sein Leben lang? Konnte man das? Seine Tante und sein Onkel hatten es gekonnt, aber wer sonst? Er blickte sich in dem Raum voll fremder Leute um. Marks Mutter, die schöne Frances?

Er sah zu ihr hinüber. Nicht gerade die Verkörperung einer glücklichen Frau, das spürte er plötzlich. Außerdem sah sie heute erstaunlich zart aus, trotz all ihrer Kraft. Es mußte sie sehr mitnehmen, daß sie Mark verlor. Zum erstenmal kam ihm dieser Gedanke. Trotz all ihrer Anbeter war sie merkwürdig vereinsamt. Und ziemlich alt, stellte er jetzt fest, da ihr Gesicht ausnahmsweise völlig unbewegt und nicht, wie sonst im Gespräch, belebt war. Mit unbestechlichem Blick registrierte er das graue Haar, die schlaffe Haut unter dem Kinn, die Andeutung von Tränensäcken und eine gewisse graue Farblosigkeit des Teints.

Eigentlich ist sie gar nicht schön, resümierte er, und vermutlich war sie es nie. Allenfalls *une belle laide*. Und doch so bezaubernd, eine Illusion von Anmut und Schönheit – etwas von der angeborenen Klugheit europäischer Frauen, im Verein mit der Ungezwungenheit und Spontaneität der Amerikanerin. War es nicht das, was er bei einer Frau suchte? Er beneidete Mark nicht um seine Frau, sondern um seine Mutter. Aber er war sich klar, daß er dabei nicht die Mutter, daß er die Frau in Frances meinte. Wie schade, daß es in Amerika keine jungen Mädchen gab wie Frances! Amerikanische Frauen schienen eine solche Unbefangenheit und Anmut erst dann zu erlangen, wenn sie für die Liebe zu alt waren. Welch ein Jammer!

Er hatte das versteinerte Gesicht so unverfroren angestarrt wie eine Statue. Plötzlich bewegte sich die Statue. Frances hob die Hand zur Wange, als wolle sie eine Fliege verscheuchen – oder einen Blick.

André riß sich aus seiner Entrücktheit. Wenn sie nun den Kopf wandte, merkte, daß er sie anstarrte? Würde sie seine Gedanken erraten? Er hatte sich doch wahrhaftig vorgestellt, er halte sie in den Armen. Er spürte, wie er errötete. Würde Onkel Pierre es bemerken? André wurde wieder zum wohlerzogenen jungen Mann und ließ den Blick von Frances zu dem Brautpaar in der Fensternische gleiten.

Im Schutz seiner dämmrigen Ecke fand er allmählich wieder zu sich selbst. Er holte tief Atem; sein Herz hämmerte, als sei er von Hunden gehetzt worden oder aus einem Alptraum erwacht. Vielleicht hatte er geträumt. Einen verrückten Traum, in dem er Frances als junges Mädchen gesehen hatte. Sie war so alt wie seine Mutter. Und überdies würde er sie nie mehr sehen, nachdem Mark und Sally nun verheiratet waren.

»*Mit diesem Ring nehme ich dich zur Frau . . .*«

André sah, wie Sally den Kopf senkte und wie Mark ihre Hand ergriff. Die beiden starren Gestalten im Fenster, die im Zeitlupentempo ihre Pantomime absolvierten, wirkten fern und blaß, entpersönlicht wie Tänzer in einem Ballett. Er war jetzt nur noch ein Zuschauer, der ihrem Spiel folgte, nicht mehr Mitwirkender in ihrem Stück oder Familienmitglied.

Aber eigentlich hatte er nie ganz dazugehört. Halb bedauerte er es; halb fühlte er sich erleichtert. Er würde ihnen allen Adieu sagen, beschloß er in einer plötzlichen Aufwallung, dieser fremden Welt den Rücken kehren.

André reckte sein Kinn noch höher und sah nun, über das Paar, den Pfarrer und die Kletterrosen im Fenster hinweg, auf das kleine Stück sommerlichen Himmels. Zu klar, zu glashell für einen französischen Himmel, stellte er fest, aber doch freier, weiter Himmel.

Die Flucht gelang so vollkommen, daß André spürte, wie er

sich von seiner unmittelbaren Umgebung loslöste. Das Bild verschwamm, die Laute erstarben. Er war anderswo, auf einem anderen Stern. Es dauerte eine kleine Weile, ehe ihm klarwurde, daß nicht dieses Stückchen Himmel die Veränderung bewirkte; der Raum selbst hatte eine Verwandlung erfahren. Die Laute des Gottesdienstes waren verstummt; jetzt drangen sanft, kaum wahrnehmbar, die ersten zögernden Töne der Musik in die Stille.

Was war es? Oh, was war es?

André hielt den Blick auf den kleinen Fetzen Himmel im Fenster gerichtet, als komme ihm von dort die Erklärung. Er fühlte sich durchdrungen von den ersten aufsteigenden Tönen, die vertraut waren wie die Stimme seiner Mutter, verführerisch wie eine Woge der Schläfrigkeit oder erlösendes Weinen; aber physiognomielos – physiognomielos, weil namenlos.

Und obgleich er verzweifelt nach dem Namen haschte, so wie man um sich tastet, wenn man nachts in einem fremden Zimmer erwacht, war er sich bewußt, daß die Macht der Musik einstürzen und dahinschwinden würde, sobald sie ihre verborgene Identität preisgäbe. Nur dieser unbekannte namenlose Strom besaß die Zauberkraft, ihn von dort zurückzuholen, wo er sich jetzt befand, und ihn nackt und wehrlos in eine andere Welt zu versetzen.

Er war ein Kind, allein, im Bett in seinem alten Zimmer im oberen Stockwerk. Die Fensterläden waren wie Flügel vor den hohen Fenstern zusammengeklappt, gegen das finstere Draußen verriegelt, doch der strenge Duft des Rosmarinstrauchs unter dem Fenster und das Klavierspiel seiner Mutter im Parterre drangen zu ihm herein. Unter seinem Kopfkissen versteckt lag eine angebissene Schokoladetafel aus einem amerikanischen CARE-Paket. Er fühlte sich satt von der Schokolade, von der Musik, von der Aura seiner Mutter, der er auf irgendeine Weise wieder habhaft geworden war, nachdem er sie noch vor kurzem, als sie ihn verlassen, zu seinem Kummer verloren geglaubt hatte. Sie war also in Wirklichkeit gar nicht jenseits der geschlossenen Tür und der verriegelten Fensterläden. Sie war noch immer bei ihm und erfüllte den Raum mit der Musik, mit dem Duft des Rosmarins.

Aber die Musik – was war es? Bach, gewiß, aber was von Bach? Jetzt kehrte das Thema wieder, stieg steil an wie ein sonnenüberfluteter Ziegenpfad auf den terrassierten Olivenhügeln der Provence, die er von Besuchen bei seiner Großmutter kannte. Er folgte dem Thema, wie er als Knabe diesen Pfaden gefolgt war, beim Höhersteigen den würzigen Rosmarin und Thymian zertretend. Diese Pfade lockten ihn höher und immer höher, immer weiter fort vom Haus, dem Ziegeldach unter der gilbenden Platane, dem Rauch, der aus dem Kamin aufstieg, eine blaue Säule in der Stille des Frühmorgens. Noch ein klein wenig höher, und das alles bliebe tief unter ihm zurück.

Oberhalb der Oliven am Steilhang des Hügels mußte er sich selbst den Weg suchen, über Felsen klettern, sich zwischen stachligen Büschen hindurchzwängen, die seine nackten Beine zerkratzten, bis er schließlich den Felsen erreichte, den flachen Felsen in einem kleinen Ginsternest hinter der großen einsamen Pinie. Dort saß er dann stundenlang verborgen, sonnenwarm und regungslos, vor neugierigen Blicken geschützt, inmitten der buschigen Sträucher mit ihren duftenden gelben Blüten. Er befand sich in seiner höchsteigenen Festung und hatte doch das ganze Tal für sich. Er hatte den hemmenden Kleinkram des Alltags hinter sich gelassen und konnte doch alles überblicken.

Aber die Melodie – er kannte sie ganz genau, nicht nur aus seiner Knabenzeit, er hatte sie vor kurzem noch gespielt. Wann, überlegte er, und wo? Vielleicht bei Onkel Pierre, als er nachts auf dem Sofa im Wohnzimmer lag und im Dunkeln Platten hörte und dem Spiel des Kaminfeuers zusah, das sich in Adèles Kupfer spiegelte und Onkel Pierres vollgestopfte Bücherregale aufleuchten ließ. Halb schlief er schon, den Rhythmus der Musik im Blut, während Schatten sich auf der Zimmerdecke jagten und seine Gedanken einander befehdeten. Wie konnte er die Alte und die Neue Welt aussöhnen, die Brücke zwischen Frankreich und Amerika schlagen?

Und plötzlich verschlangen sich die wogenden Schatten und die steigenden Töne zu einem Muster. Die beiden widerstreitenden Stimmen in seinem Innern hatten sich ausgesöhnt. Er konnte sie beide unterscheiden und hören, wie sie einander antworteten. Beide waren gleichermaßen gültig und konnten nebeneinander in ihm bestehen. Er hatte Raum genug für beide.

Dann war es wieder wie zu Hause auf dem Hügel, er war nicht zerrissen, sondern heil. Die Welten waren nicht getrennt, sondern eins. Die Musik, der Duft des Rosmarins, die Aura eines geliebten Menschen waren nicht hinter der verschlossenen Tür ausgesperrt. Sein Tal und dessen Düfte, sein Dorf und dessen Laute waren durch die Entfernung, die er beim Steigen zurückgelegt hatte, nicht verlorengegangen. Nah und fern wurde mit einem Blick überbrückt.

Von Frieden, von Schönheit, von Musik geschwellt, schienen seine Gedanken nun alle möglichen Gegensätze vereinen zu können. Dort und Hier, Nah und Fern, Amerika und Frankreich. All das, was er am meisten liebte, konnte er nicht verlieren, wie sehr auch die einzelnen Dinge einander entgegengesetzt sein mochten. In ihm begegneten sie sich, in ihm verschmolzen sie – in Augenblicken wie diesen. Es war also möglich, zumindest für Augenblicke. Für diesen Augenblick. Jetzt.

Ah – die Musik näherte sich dem Ende – nun endlich fiel es ihm ein. Er hatte das Stück selbst gespielt. Nun sah er die Noten wieder vor sich. Natürlich – wie dumm, daß es ihm nicht gleich eingefallen war.

Das war alles. Es war vorbei. Der Raum rundum erwachte unter Kleiderrascheln, Gehüstel und Füßescharren allmählich wieder zum Leben.

Chrissie sah sich unruhig um und versuchte seinen Blick zu erhaschen. Er setzte eine reservierte Miene auf. Nein, sie suchte jemand anderen, vielleicht ihre Mutter. Plötzlich war man sich all der anderen Menschen im Raum wieder bewußt.

Er war nicht in Frankreich, – André reckte sich – nicht in seiner kleinen Wohnung. Er war hier, in einem Raum voll Fremder. Neben ihm stand Onkel Pierre. Sie waren beide allein. Sie konnten einander darüber hinweghelfen. André sah seinen Onkel an.

Aber was, zum Teufel, machte den so glücklich – seinen Onkel Pierre? Was an dieser Veranstaltung machte ihn so glücklich? Konnte es überhaupt etwas geben, was einen Menschen so glücklich machte?

»... *Wer gibt diese Frau diesem Mann zur Ehe?*«

In der nun einsetzenden und rasch wieder verebbenden Unruhe trat Beatrice einen kleinen Schritt seitwärts, um ihre Tochter besser sehen zu können. Chrissies Kleid leuchtete unmittelbar hinter der Braut auf. Sie standen im Hintergrund, sie und Spencer; keine Verwandten, nur Freunde der Familie. Eigentlich waren sie Chrissies wegen gekommen, die heute Brautjungfer war, und nicht so sehr wegen der Braut. Auch Spencer, der Gute, obgleich er nicht Chrissies leiblicher Vater war. In solchen Augenblicken stand er ihr zur Seite – »*Wer gibt diese Frau* ...«

John McNiel trat auf die Braut zu. Förmlich, erhobenen Hauptes, seinen Stolz und seine Zärtlichkeit hinter einer undurchdringlichen Maske verbergend – ein Gesicht wie ein grau verwitterter Fels. Aber er war da, dort neben seiner Tochter. Sally hatte den väterlichen Rückhalt.

Chrissie! Im Schreckmoment jähen Erkennens wurde Beatrice klar, daß Chrissie dies nie haben würde – nicht den eigenen Vater. Wegen der Scheidung, ihretwegen, würde es niemals genauso sein. Selbstverständlich erschienen geschiedene Eltern auf Hochzeiten. Sie und Tom fänden da schon einen Modus, aber es wäre etwas Gekünsteltes, eine Formsache, nichts weiter – niemals so wie hier. Sie hatte Chrissie des väterlichen Rückhalts bei ihrer Hochzeit beraubt.

Das war ein Schlag – weshalb hatte sie ihn nicht vorbedacht?

Beatrice richtete sich auf und holte tief Atem, um der plötzlichen Schwäche zu begegnen, dem Gefühl, als entweiche ihre Kraft aus einer verborgenen Wunde. Wurde sie ohnmächtig, ein Kollaps? Lächerlich. Sie wurde nie ohnmächtig. Und neben ihr stand ja Spencer – ihr Mann, Spencer. Ihr wirklicher Mann. Wenn ihr schwindelte, wenn sie taumelte, würde er seinen Arm um sie legen. Er würde sie festhalten.

Sie brauchte ihn nur anzusehen, um sich gestützt zu fühlen: die glatten Schläfen, an denen sich das spärliche graue Haar lichtete, die Adern unter der zarten Haut, das Netz der Fältchen um die Augen, die von seinem lustigen Zwinkern herrührten; den Mund, den der innere Kampf zwischen Mitgefühl und Entschlossenheit ein klein wenig verzogen hatte. Mit einem Blick würde er auf ihren stummen Anruf reagieren.

Aber sie brauchte überhaupt nur die Hand nach ihm auszustrecken. Als der Gottesdienst begann, hatten sich ihre Hände unwillkürlich berührt. Mehr war nicht notwendig, und schon strömte die Kraft in sie ein, die Kraft, die sie einander gaben. Und doch konnte sie in diesem Augenblick keinen Finger rühren, nicht die Hand ausstrecken, nicht ein Gran dieser Kraft erbitten. Hier nicht.

Das lag an ihr, nicht an ihm. Man fragte seinen zweiten Mann nicht, ob man es bei dem ersten hätte aushalten sollen. Angenommen, Spencer würde ihr gestehen, daß er sich hin und wieder wünschte, Kitty kehre aus dem Jenseits zu ihm zurück? Nein, man zog dem Partner nicht den Boden unter den Füßen weg. Man teilte nicht alles miteinander. Gewisse Probleme mußte man allein tragen. Sie hatte ihre Bürde getragen, und sie konnte es, und sie würde es auch weiterhin tun. Es gab da im Grunde keine Zweifel. Schließlich hatte sie völlig recht gehabt. Recht gehabt, sich von Tom scheiden zu lassen. Recht gehabt, Spencer zu heiraten. Aber in solchen Augenblicken wie jetzt, in denen sie nicht auf der Hut war, fühlte sie noch immer Gewissensbisse, verlor sie sich in Spekulationen über versäumte Möglichkeiten, spürte sie Flugsand unter den Schritten, die vielleicht in eine falsche Richtung führten. Nicht, soweit es sie selbst betraf – nein, ihr kleines Stückchen Lebensraum bot ihr sicheren Halt, und neben ihr stand Spencer – nein, sie machte sich Sorgen wegen Chrissie.

Chrissie war beraubt worden, sagte ihr der Augenblick. Und inwieweit? Wie konnte sie die Leere in ihrem Kind ausloten? Wenn man sie da vorne auf Zehenspitzen, wie ein Irrlicht schimmernd, hinter der Braut stehen sah, schien alles in Ordnung zu sein. Sie machte einen durch und durch vergnügten und übermütigen Eindruck – mit ihrem kurzen lockigen Haar, den schrägstehenden, nach oben gewinkelten Augen, die an den Puck im ›Sommernachtstraum‹ denken ließen. Irische Augen, eigentlich sehr ähnlich wie die von Tom. Sah man sie so, käme man nie auf den Gedanken, daß etwas nicht in Ordnung sei. Weshalb auch? Sie hatte etwas Schwereloses, immer schwebte sie wolkenwärts. Oft war es gar nicht leicht, sie auf den Boden der Tatsachen zu holen, gar nicht leicht, an sie heranzukommen.

Immer lachte Chrissie, wie eine aufgezogene Spieldose; wohin sie ging, begleitete sie diese Melodie. Und doch fragte sich Beatrice mitunter, was wohl hinter diesem Lachen verborgen sein mochte. Die Menschen konnten lachen, auch wenn sie grauenhafte Dinge ertragen mußten. Sie entsann sich jener fröhlichen Lungenkranken, die sie in irgendeinem Sanatorium gesehen hatte und die trotz ihrer halben Lungen lachte. Hatte Chrissie nur noch eine halbe Lunge? Ein halbes Herz? War sie verkrüppelt, ohne daß man es sehen konnte?

Noch immer fühlte sie sich in solchen Momenten schuldig. Das versetzte sie um Jahre zurück. Eine Scheidung schien etwas so Schreckliches, zumal bei Hochzeiten und wenn man den Blick zurückrichtete. »Scheidung ist Amputation.« Der Satz aus der Vergangenheit drängte sich ihr auf. Wer hatte das zu ihr gesagt, in jenen Jahren, als sie noch immer um die Entscheidung rang? Nur der Satz war geblieben. Ganz allmählich formte sich ein Gesicht darum herum wie ein Alp. Eine ältere Frau – sie konnte sich nicht einmal mehr an den Namen erinnern – nur noch an den Mund, bitter und hart, mit Falten in den Winkeln, wie ein zugenähtes Knopfloch, um nur ja nicht zu lächeln. »Scheidung ist Amputation«, hatte dieser Knopflochmund gesagt. »Gib erst auf, wenn der Wundbrand einsetzt.«

Wundbrand! Abscheuliches Bild. Nichts für sie. Falsches Heldentum paßte nicht zu ihr. Auf der Stelle hatte Beatrice beschlossen, nicht so lange zu warten. Nur um zu beweisen, daß man im Recht war und sein möglichstes getan hatte. Man stelle sich vor – aus purem Stolz stillzusitzen und auf die Anzeichen einer Blutvergiftung zu warten! Auch eine Art, eine Ehe zu retten! War das noch eine Ehe, wenn sie auf diese Art gerettet werden mußte?

Aber war es eine Ehe, wenn Tom monatelang verschwand? Natürlich im Auftrag von Zeitungen. Völlig legitim. Das alles hatte sie gewußt, als sie ihn heiratete. Ein Reporter, und zumal ein Star-Reporter wie Tom, mußte Hals über Kopf nach Hongkong oder Korea oder Birma oder wo sonst die Ereignisse sich zuspitzten. Es war nicht so sehr das Fortgehen als vielmehr die Art seines Fortgehens. Die Plötzlichkeit, der Zwang, als *müsse* er gehen, als halte er es keinen Augenblick länger mehr aus. Die Aufträge wirkten mehr und mehr wie Vorwände. Manchmal argwöhnte sie fast, er erfände die auswärtigen Krisen oder stöbere sie auf, um einen Grund zur Abreise zu haben.

Und wenn er ging, war sie zerschmettert – jahrelang fand sie sich nicht damit ab. Es waren nicht nur die Reisen, auch Spencer fuhr jetzt manchmal fort, zu Tagungen und wissenschaftlichen Kongressen; aber er schien nie darauf erpicht, und hin und wieder wollte er sie dabeihaben. Es war anders. Spencer ließ ihr immer etwas zurück, an das sie sich halten konnte, etwas fast Greifbares. Eine Rettungsleine, die immer gestrafft blieb, wohin er auch ging. Wenn er sie allein ließ, zerstörte er nicht jedesmal die Verbindung.

Wenn Tom die Tür hinter sich zugeschlagen hatte, dann war jedesmal das ganze Gefüge ihrer Ehe in tausend Splitter zerschellt – als wolle er es bewußt zerstören. Das war die Wurzel allen Übels; er wollte es zerstört wissen. Zumindest vorübergehend. Und dann stand er plötzlich wieder da und verlangte Geborgenheit, Nahrung, Wärme. Dann wollte er sich bis zur nächsten Reportage in seinem Bau verkriechen, unter das Dach, das zu errichten er sich weigerte, um dessen Stützen er sich nicht kümmerte. Wie konnte eine Ehe unter solchen Bedingungen bestehen?

War eine Ehe nicht etwas, was zwei Menschen gemeinsam aufbauten und zusammenhielten und -flickten, wenn es der Ausbesserung bedurfte? Ein festes Gefüge, Teil der gesellschaftlichen Gliederung. Eine soziale Institution, wenn man so wollte. Vielleicht keine sehr romantische Betrachtensweise, aber in ihren Augen war es so. Konstruktiv oder destruktiv, das war die Frage, die sie sich stellte, wenn sie andere Ehen betrachtete.

Nicht glücklich oder unglücklich. Diese Frage stellte sie nicht. Die beste Ehe war wie das schönste Leben, glücklich wie unglücklich. Zwischen den Partnern bestand sogar eine notwendige Spannung, die der Ehe Kraft verlieh wie ein gestrafftes volles Segel. Sie trieb einen voran. Sie war konstruktiv – man durfte von einer Ehe verlangen, daß sie konstruktiv war. Die meisten Ehen waren es erstaunlicherweise auch; etwas, das man durchstand.

Deborah und John zum Beispiel, Seite an Seite – das vorbildliche Ehepaar. Wie unlösbar miteinander verbunden schienen sie doch heute zu sein! Und sie waren es auch, obgleich Debby nie ganz erwachsen wirkte. Sie war immer noch das stupsnasige Mädchen mit den großen runden Augen aus ihrer Schulklasse. Kaum verändert. Meist ein wenig atemlos und keuchend, als habe sie irgendwo im Verlauf des Tages zwanzig Minuten verloren und diesen Rückstand nie mehr aufgeholt. Beatrice sah Debby immer mit einem Armvoll Bücher durch die Gänge huschen. »Weißt du, was wir in Latein aufhaben? Ich kam zu spät und habe mich nicht zu fragen getraut.« So war Debby noch heute. Trotzdem kam sie nie in Schwulitäten, immer war jemand da, an den sie sich wenden konnte. Alle halfen Debby. Sie war zerstreut, aber sympathisch, jedermanns kleine Schwester. Vielleicht war sie auch Johns kleine Schwester.

Und John – der liebe John – treu, zuverlässig, konventionell. Nie würde Beatrice vergessen, wie gut er zu ihr gewesen war in den Jahren zwischen den beiden Ehen, wie er ihr bei der Scheidung geholfen hatte. Als Anwalt war John perfekt. Man wußte, daß man ihm alles überlassen und ihm völlig vertrauen konnte. Nie stellte er überflüssige Fragen, nie stocherte er in Wunden. Er hatte seine Grundsätze, und er wußte, worauf es ankam. Mit Liebenswürdigkeit und Energie erreichte er sein Ziel. Gewiß, man konnte sich nicht an seiner Schulter ausweinen, und viele Dinge konnte man überhaupt nicht mit ihm besprechen. In mancher Hinsicht trug er Scheuklappen. Er brauchte sie vielleicht, um nicht zu sehr in die Probleme anderer Leute verwickelt zu werden, mit denen er sich ständig so eingehend befaßte. Perfekt als Anwalt, aber als Ehemann – vielleicht ein klein wenig kühl? Ob Debby das störte? Aber das hatte sie ja schließlich gewollt, als sie ihn heiratete – jemanden, der ihr sagen konnte, was für die Lateinstunde aufgegeben war.

Nicht gerade das, was man sich unter einem reifen Paar vorstellte. Aber sie führten eine wirkliche Ehe, wenn sie es auch vielleicht selbst gar nicht wußten. Bewußt oder unbewußt hatten sie ein Netz gesponnen, das ihre Kinder hielt und nährte. Und sie hatten es gemeinsam getan. Zufällig, blind, mitunter sogar widerwillig, aber gemeinsam.

Und mit viel Erfolg – auch wenn Debby klagte. Ständig war sie in Aufregung wegen des einen oder des anderen ihrer Kinder immer sorgte sie sich und wollte Ratschläge. Jake war Linkshänder, Susie hatte zu nahe am Wasser gebaut. John verwöhnte die Mädchen und war zu streng gegen die Jungen. Stundenlang hatte Beatrice ihr zugehört.

»Aber er kümmert sich doch«, wandte Beatrice immer ein, wenn Debby sich über Johns Zornausbrüche beschwerte. »Begreifst du das denn nicht? Seine Kinder sind ihm wichtig. Du solltest dich freuen, daß er wütend wird. Er kümmert sich. Tom ist alles egal.«

Debby und John kümmerten sich beide. War Sich-Kümmern genug? Diese Kinder waren recht wohl geraten, trotz Debbys

Betulichkeit und Johns Jähzorn. Sie wußten, was sie an ihren Eltern hatten. John war ein Fels, und selbst Debby verfügte bei allem Geglucke und Stirnrunzeln über eine erstaunliche Menge Kraft. Sie wußte es nur nicht oder wollte es nicht glauben und mußte es fortwährend bestätigt haben. Sie hatte sich nie gründlich mit sich selbst beschäftigt, und vielleicht war John ein zu blinder Spiegel, um ihr das richtige Bild ihrer selbst zu vermitteln.

Das war es, was sie haben wollte. Wenn Debby klagte, wollte sie im Grunde weder Rat noch Mitleid haben, sondern Bestätigung, und zwar nicht nur ihres jeweiligen Tuns, sondern ihres wahren Ichs.

Wie wir alle es haben wollen, erkannte Beatrice plötzlich. Was ihr Spencer gab, ohne daß sie klagen oder danach verlangen mußte. Was sie ihm gab, ohne überhaupt darüber nachzudenken. Was Tom nie gegeben hatte.

Vielleicht hatte Tom ihr Klagen auch mißverstanden, hatte die tieferen Beweggründe nicht erkannt und ihm entkommen wollen? Konnte sie ihm das verargen? Man konnte von einem Menschen nicht erwarten, daß er wie Gott der Allmächtige die verborgenen Beweggründe kannte. Kein Wunder, daß er fortlief, zur Arbeit, zum Spiel und manchmal auch, das wußte sie, zu anderen Frauen. Diese Redereien, von denen sie nur noch die letzten Worte hörte, wenn sie in eine Gesellschaft kam; diese Frauen, die sie nie so richtig gesehen hatte. Aber das war es nicht, was eine Ehe zerstörte. Das hätte sie Tom schließlich noch verzeihen, hätte sie sogar verstehen können. »Ich weiß, daß deinem Herzen ich nur ein Sommer bin«, hatte sie nachts vor sich hingesagt, »und nicht der ganze Kreis der Jahreszeiten.« Sie war viel zu zahm für Tom. Eine Sommerwiese würde ihn nie halten können, nie im Leben. Aber Ehebruch war nicht die schlimmste Sünde wider die Ehe, wie jemand so richtig gesagt hatte. Wer war es? Milton – konnte es Milton gewesen sein? Ehebruch war für die Ehe nicht so schlimm wie »Begegnungsunfähigkeit«. Ja, das war das treffende Wort. Zwischen ihr und Tom kam in diesem gemeinsamen Netz keine Begegnung zustande. Es war vielmehr das Netz selbst, das ihn abschreckte. Er zerrte daran; er riß sich davon los; er wandte ihm den Rücken. Er leugnete sein Vorhandensein.

Neigten Männer dazu, die Ehe als eine Falle zu betrachten, Frauen hingegen, sie als einen Rahmen anzusehen, der ausgefüllt werden mußte? Beide Auffassungen waren falsch, weil man in beiden Fällen die Ehe als die Angelegenheit eines einzelnen betrachtete und nicht als die zweier Menschen. Sie konnte allein keine Ehe führen, ebensowenig wie Frances mit Stephen, der sich in den Alkohol flüchtete, eine Ehe führen konnte. Es war genau das gleiche, wenn Frances es auch nicht einsah. Sie sah nur die guten Phasen ihrer Ehe, in denen Stephen nüchtern war und arbcitete. Sooft er wieder zu malen begann, war sie überzeugt, es werde nun ein für allemal so bleiben. Doch es blieb nicht so.

Eigentlich schade, daß Stephen überhaupt je nüchtern war; das hielt Frances davon ab, sich scheiden zu lassen. Sie klammerte sich an diese Strähne normalen Verhaltens und webte daraus ihren ganzen Lebensteppich. Mochte sie auch noch so oft enttäuscht werden, sie zog niemals eine Lehre daraus, nie machte sie sich ein klares Bild.

Als Stephen das letztemal zusammenklappte, hatte Beatrice sie gefragt, weshalb sie sich immer noch Illusionen hingebe. Entweder müsse sie sich von Stephen scheiden lassen und mit einem anderen eine ganz neue Ehe aufbauen oder sich in eine halbe Ehe schicken – in die Ehe mit einem Kranken, einem Kind. Denn das sei Stephen. Es sei besser, sich damit abzufinden und sich dann nach einem guten, festen Verhältnis umzusehen. Das hatte sie Frances ins Gesicht gesagt.

Wie schrecklich, so etwas zu einer Freundin zu sagen oder sich bei einer Trauung daran zu erinnern! Beatrice sah sich verlegen in der Runde der braven Ehepaare um. Wie musterhaft bei einer Hochzeit alle Ehepaare aussahen, die dunklen Schultern der Männer neben den hellfarbigen Kleidern der Frauen; Schwarz neben Weiß, eng aneinander wie Klaviertasten! Was war sie doch für eine Heidin! Das kam von den Jahren einsamen Ringens außerhalb des behüteten Kreises. Der Kodex war in Mitleidenschaft gezogen worden, nicht mehr schwarz und weiß, wie er früher gewesen, wie er für die meisten Menschen noch immer war. Vom Standpunkt der Kirche, der Welt und der Gesellschaft aus war ihr Ratschlag Blasphemie. Wie konnte ein Verhältnis »gut« oder »fest« und überhaupt akzeptabel sein?

Dann also Sünde? Auf jeden Fall nicht richtig; nicht das, was sie sich für Chrissie wünschen würde, nicht das unversehrte und vollkommene Netz, das die Ehe sein sollte. Das Netz zu zerstören, war Sünde. Das glaubte auch sie. Aber nicht jeder hatte ein unversehrtes Netz, manche hatten nur noch Überreste. Es schien ihr die kleinere Sünde, einen neuen Faden anzuknüpfen – etwas anderes war ein Verhältnis nicht – einen Faden, der die Überreste zusammenhalten sollte. Schrecklich unvollkommen; so etwas blieb immer Flickwerk, wurde niemals vollkommen. Aber stand die Vollkommenheit nicht manchmal der Realität im Wege?

Im Falle von Frances jedenfalls. Für sie gab es keine Halbheiten. Da hieß es alles oder nichts. Sie würde bis in alle Ewigkeit mit dem Kopf gegen die Wand rennen und sich einbilden, sie finde einen Durchlaß, wie eine Biene, die gegen eine Fensterscheibe anfliegt.

Welch ein Irrtum, dachte Beatrice, welch schreckliche Vergeudung, Kraftvergeudung, vergeudetes Leben! Als älterer Mensch, der das Glück ziemlich spät gefunden hatte, empfand man das besonders stark. Die verlorenen Jahre, in denen man nach den falschen Dingen gesucht, die falschen Dinge geglaubt hatte, sie waren es, denen sie nachtrauerte – die Jahre, ehe sie Spencer fand. Frances beging den gleichen Fehler, sie verlor ihre Kraft, und der Kampf machte sie alt.

Beatrice rückte ein ganz klein wenig näher an Spencer, um über die Schultern der Umstehenden hinweg einen Blick auf Frances zu werfen, die in der vorderen Reihe stand. Recht abgespannt, dachte Beatrice, sieht sie heute in diesem dunklen Kleid aus; zu blaß, und die Ringe unter den Augen. Aber sie stand kerzengerade da, den Kopf hoch erhoben, fast ein klein wenig zu hoch, so daß die Haut unter dem Kinn zu straffen schmalen Taschen gespannt war. Das verlieh ihr einen kühnen Ausdruck.

Beatrice fühlte sich plötzlich ganz klein neben ihrer Freundin. Vielleicht würde Frances am Ende doch noch einen Durchlaß finden. Wer konnte es wissen – sie am allerwenigsten. Wer war sie überhaupt, daß sie sich anmaßte, den Stab über eine Ehe oder einen Menschen zu brechen? Wie konnte sie es wagen, sich zum Richter über andere aufzuschwingen? Oder die Zukunft vorauszusehen? Sie war nie fähig gewesen, ihr eigenes Leben vorauszusehen. Und all das Stolpern und Wiederaufrappeln in der Vergangenheit hatte ihr nur die Erkenntnis eingetragen, daß man viele Male starb und wieder geboren wurde.

Ein Vorgang, den die jungen Leute sich nicht vorstellen konnten. Sie sahen immer die gleichen, rundlichen und grauhaarigen Eltern, die mit jedem Jahr rundlicher und grauhaariger wurden. Das neue Wachstum war äußerlich nicht zu sehen. Wie sollten sie es glauben? Der Mensch, den Tom im Stich gelassen hatte, war gestorben. Der Mensch, den Spencer liebte, war neugeboren. Und auch Spencer war nach Kittys langer Krankheit – diesen Jahren der Aufopferung – mit ihrem Tod dahingegangen.

Und dennoch war er wiedergekommen, konnte er ihr neulich abends das Gedicht über das verdorrte Herz vorlesen. Vor dem Kaminfeuer hatte Spencer ihr aus der Gedichtanthologie vorgelesen: »Wer hätte gedacht, daß jemals noch ergrüne mein verdorrtes Herz?« Zwei alternde Menschen vor einem Kamin, ein abgegriffenes Buch zwischen sich – wer hätte geglaubt, daß das, was sie lasen, geheimnisvolle Kraft in sich barg, die geheimnisvolle Kraft wiederkehrenden Lebens?

»Jetzt, alt und grau, knosp' wieder ich«, las er. Niemand sah die Knospen, aber sie waren da. »Kost' wieder ich den duftgen Tau.« Unfaßbar, wie der neue Tag. »Und schwelg' in Versen, o mein einzig Licht –«

O mein einzig Licht, wie ungläubig stauntest du, als es kam, als das Leben von neuem begann.

»Unvorstellbar,
daß ich es war,
den nachts dein Sturm so zugericht'.«

Aber waren sie dieselben Menschen? Wie konnten sie es sein? Die Frau, die Tom geheiratet hatte – wer war sie? Beatrice wußte es wirklich nicht; wußte es jetzt nicht; wußte es damals noch weniger. Sie versuchte, sich in ihre Schulzeit zurückzuversetzen. Damals hatte man sie – sie und Deborah – dazu erzogen, eine Karriere anzustreben, sich vor anderen Frauen auszuzeichnen, eine Spur zu hinterlassen. Wie hätte sie damals wissen können, wer sie war? Florence Nightingale, Louise May Alcott oder Anna Pawlowa? Sie mußte zu dieser Zeit sehr jung gewesen sein. Und dann gab es das Mädchen, das die Kerze an beiden Enden entzündete. Und dann Michael Arlens kurzsichtigen Flapper im grünen Hut. Hatte sie versucht, eine von all diesen zu sein? Welche hatte Tom gesehen, in welche sich verliebt? Und wen hatte sie in Tom gesehen?

Es bedurfte vieler Jahre des Sichbefreiens von Illusionen, Posen und falscher Tünche, ehe sie wußte, wer sie war, ehe sie das schlichte menschliche Wesen bloßgelegt hatte. Und bis sie dann dieses Wesen einem anderen Menschen enthüllen konnte, bis sie so und nicht anders anerkannt, ja sogar geliebt wurde von einem anderen, der es ebenfalls wagte, sich in all seiner verwundbaren Blöße zu offenbaren.

Hier bin ich (so war Spencer vor sie hingetreten), ein grauhaariger ältlicher Mann, der nach Größe trachtete, aber nur die Fähigkeit zur Hingabe an seine Arbeit erlangt hat, ein wenig Erfolg und ein bißchen Lebensweisheit; der viel gelitten hat und oft gescheitert ist und manchmal einen Sieg davontrug, der dir anbieten kann, was er ist – und der dich liebt.

Es war herzzerreißend gewesen, wie Spencer vor sie hintrat – aber es war ein wirklicher Mensch, der sich da zeigte. Nur zwei wirkliche Menschen können einander begegnen. Sie und Tom waren sich nie begegnet, sie und Spencer hatten es getan. Aber hätte sie Spencer in ihrer fernen Schulzeit beachtet oder ihn auch nur eines Blickes gewürdigt? Er muß einer dieser bebrillten, schüchternen, aufgeschossenen Knaben gewesen sein. Hätte er sie hinter ihren damaligen Vamp-Allüren entdeckt? Beatrice war sich keineswegs sicher.

Das war der Grund, so erkannte sie reichlich spät, weshalb man die Vergangenheit niemals bedauern, als nutzlos vertan ansehen oder auslöschen durfte. Alle Lieben führten zur letzten Liebe, zur letzten Befreiung von den falschen Ichs, zur wahren Begegnung.

Gewiß war es am besten, wenn das vor der Ehe geschah. Bei Pierre und Adèle war es so gewesen. Liebe auf den ersten Blick. Sie hatten einander sofort erkannt. Bei einem Studententreffen, hatte Adèle ihr erzählt; für sie hatte es keine Zweifel gegeben. Einen Monat später waren sie bereits verheiratet gewesen.

Hatten diese Leute einfach Glück – die Liebe-auf-den-ersten-Blick-Paare? Oder waren sie die Klaren und Unversehrten, die sich frühzeitig gefunden hatten und anderen ohne Maske begegnen konnten? Sie wüßte gerne, wie es bei Mark und Sally gewesen war und wie es bei Chrissie wäre, wenn sie ihrem Unbekannten begegnet. *Diese* Generation hatte wenigstens nicht so viele Illusionen loszuwerden. Jedenfalls keine Vamp-Allüren.

Manchmal jedoch fand die Begegnung außerhalb der Ehe statt. Frances stand sie vielleicht noch bevor. Oder sogar mitten in einer Ehe; vielleicht entdeckten Debby und John eines Tages ihr wahres Ich und merkten dann, was ihnen gemeinsam war. Oder die Begegnung war, in einer zweiten Ehe wie der ihren, der Anfang ganz neuen Wachstums, neuen Lebens.

Natürlich war es für sie und Spencer nicht ein ganzes Leben gewesen; beinahe ein halbes Leben hatten sie nicht miteinander teilen können. Sie bedauerte, ihre Jugend nicht mit ihm geteilt zu haben, Spencer nicht als jungen Mann gekannt zu haben, keinen Fehler zusammen mit ihm begangen zu haben, kein Wagnis mit ihm zusammen eingegangen zu sein. Wäre er unternehmungslustiger gewesen, wenn er sie gleich geheiratet hätte? Sie wünschte, sie hätten gemeinsam die Schuhe abstreifen und barfuß durchs Gras laufen – vielleicht auch zusammen im Gras liegen können. Das Erregende der ersten Liebe, die leidenschaftliche Vereinigung ihrer jungen Körper, das hatten sie versäumt. »Mit meinem Leibe bete ich dich an« – diese Formel aus einer alten Fassung des Trauungsgottesdienstes fiel ihr ein. Wunderbare Formulierung! Die Alternden haben mehr davon, als die Jungen glauben, und doch war es nicht das ungestüme Sich-Verlieren, das erste vollkommene Sich-Verschenken.

Und auch Kinder – wenn sie einen kleinen Spencer hätte haben können, der aussah wie der Knabe, den sie nie gekannt hatte, dünn wie eine Hopfenstange, schlaksig und von brennendem Ernst, einen Knaben, der Schildkröten und Schlangen sammelte. Wenn es auch vielleicht schwer für Chrissie gewesen wäre, einen Halbbruder zu haben, Spencers Kind. Es war schwer genug, so wie es war. Sie hatte einen Vater verloren, und nichts und niemand konnte das gutmachen – nicht einmal Spencer. Merkte man das heute nicht deutlich genug? Es hatte keinen Sinn, sich etwas vorzumachen.

Wenigstens hatte Chrissie eine gute Ehe kennengelernt und wußte nun, daß es so etwas gab. Chrissie hatte mit angesehen, wie aus ihrer Mutter ein neuer, gelöster Mensch wurde, wie sie zu ihrem wahren Ich fand, wie sie vielleicht endlich eine wirkliche Frau wurde. Beatrice wußte, daß sie sich jahrelang darum bemüht hatte, Vater und Mutter zugleich zu sein, Mann und Frau in einer Person. Das war natürlich unmöglich. Man konnte nicht geben, was man nicht besaß, nicht sein, was man nicht war. Das war irgendwie falsch, eine Art von Maskerade. Man stolperte unentwegt in diesen geborgten Kleidern. Oder aber man lernte, sich allzugut darin zurechtzufinden. Sie zwangen einen, eine falsche Rolle zu spielen, zwangen einen, ein Mann zu sein.

Hatte Tom sie deshalb verlassen? Die Frage quälte sie. Aber, wandte Beatrice ein, sie hatte sich so sehr bemüht, Frau zu sein, wenn Tom nach Hause kam; nicht zu dominieren, sondern aufgeschlossen und warmherzig und nachgiebig zu sein, zu warten und zuzuhören. Wenn er nach Hause kam, legte sie ihre Rüstung ab. Aber wenn er sie verließ, wie er es immer wieder tat, mußte sie die Rüstung von neuem anlegen, den Brustpanzer und die Kniebuckel. Die brauchte sie, um hart zu werden wie ein Mann, um zu kämpfen, um sich allein den Weg durch die feindliche Welt zu bahnen.

An Spencers Seite war es anders. Sie hatte die Rüstung jetzt endgültig abgelegt. Ihr verzweifeltes Ringen hatte ein Ende gefunden, sie brauchte nicht mehr allein gegen die Welt anzugehen, er nahm es ihr zum größten Teil ab. Wenn man sich eine Weile allein durchgesetzt hatte, respektierte man die Probleme der Männer mehr, die unerbittliche Bürde des Broterwerbs, des Berufs und der Verantwortung für eine Familie. Sie hatte genug davon kennengelernt, um die männliche Reaktion auf weibliches Gequengel zu verstehen. Immer wirkten sie so trivial, diese weiblichen Sorgen, und dabei waren sie weiß Gott brennend und bedrückend und unaufschiebbar. Das Schwierige daran war nur, daß sich hinter dem Gequengel so häufig, wie bei Deborahs Klagen, irgendein gewaltiges Problem verbarg. Nur die Spitze des Eisbergs war zu sehen. Und Eisberge gab es immer. Was waren Toms ewige Flucht und Stevens Trinken und Johns Jähzorn anderes als die Spitzen von Eisbergen? Und was war ihr eigenes verbissenes Haushalten während ihrer ersten Ehe gewesen?

Dieser Eisberg zumindest war verschwunden. Es schien nicht mehr von Wichtigkeit zu sein, ob das Haus nun blitzblank war, ob der Haushalt wie am Schnürchen lief. Es gab Wichtigeres. Sie wußte nicht genau was, aber sie merkte, daß sie die Vormittage mit den lächerlichsten Dingen verbringen konnte: sie arrangierte Blumen oder zerkratzte sich Arme und Beine beim Schneiden blühender Brombeerranken. Die silbrigen Blätter harmonierten so vollkommen mit dem Cézanne-Druck.

Sie hatte sogar angefangen, Kochbücher zu studieren, neue Rezepte ausfindig zu machen. Früher hatte sie das Kochen immer verabscheut. Für Kinder ist das Essen eine Selbstverständlichkeit, und für sich selbst kocht man nicht. Aber für Spencer zu kochen, ihn mit einer Lieblingsspeise zu erfreuen oder mit einem neuen Gericht zu überraschen, das gehörte nun zu den täglichen Riten, die ihr großen Spaß machten.

Hausarbeit, so hatte sie erst spät entdeckt, mußte ein Geschenk oder eine Kunst sein, sonst war es schiere Sklaverei. Für sie – und ihr wurde klar, daß das für die meisten Frauen, zumindest für die glücklichen, galt – war die Hausarbeit jetzt ein mit Liebe dargebrachtes Geschenk und nicht eine Kunst, die man stolz zur Vollkommenheit entwickelte. Vielleicht war das der Grund, weshalb Frauen meist gute Köchinnen, aber selten – wenn man den Franzosen glauben durfte – große Küchenchefs waren. Liebe führte ihnen die Hand, nicht Stolz.

Wie spät war sie zu dieser schlichten Einsicht gelangt! Welch verkehrte Welt, sich in reifen Jahren wie eine Jungvermählte zu verhalten – oder vielmehr so, wie eine junge Frau sich ihrer Vorstellung nach diesen langweiligen und unwichtigen Dingen gegenüber verhalten mußte. Lächerlich, in ihrem Alter das Hausmütterchen zu spielen.

Aber waren diese Dinge denn unwichtig? Untergeordnet, ja, das waren sie. Aber waren sie nicht von Bedeutung? Diese alltäglichen Kleinigkeiten waren nicht nur Geschenke an den anderen, sie waren ein Beitrag zu dem gemeinsamen Dach, unter dem man lebte, wie die Grashalme und Lehmklümpchen und bunten Wollreste, die das Rotkehlchen zum Nestbau heranschafft. Wenn Spencer ein Vogelhaus vor ihrem Küchenfenster anbrachte, damit sie den Vögeln beim Körnerpicken zusehen konnte, oder wenn sie gemeinsam im Herbst die Rosen zudeckten oder einer Pflanze nachtrauerten, die der Frost geknickt hatte – war es dann nicht genau das gleiche?

Man konnte die vielen kleinen, nicht voneinander zu trennenden täglichen Aufgaben nicht trivial nennen. Waren sie nicht die Substanz des Lebens selbst, das Netz der Ehe, genauso wichtig wie die größeren Dinge, vielleicht sogar Ausdruck davon? In diesen alltäglichen Gesten wurde sichtbar, daß das Fühlen und Sein und Sich-Begegnen in seiner Gesamtheit stimmte, in ihnen manifestierte sich die *Begegnungsfähigkeit*, wie Milton es nannte.

Ja, sie war Spencer spät begegnet, aber sie waren einander wahrhaft begegnet. Das war ein solches Wunder, daß es fast unwichtig war, ob es sich nun in der ersten oder in der zweiten Ehe, in der Jugend oder im reifen Alter vollzog. Wann immer es geschehen war, es war die wahre Begegnung, die wahre Ehe. Die sich in Wahrheit begegnen, begegnen sich hier, begegnen sich jetzt, begegnen sich in Gott, spürte sie mit einer Gewißheit, die an kein Glaubensbekenntnis gebunden war. Sie sind die Menschen, die Gott zusammengefügt hat, und die einzigen, die der Mensch nicht trennen kann.

Zum erstenmal verstand sie diesen Satz, vor dem sie stets zurückgeschreckt war, vor dem alle Geschiedenen zurückschraken. Er schloß sie nicht aus; er schloß auch sie ein. Sie gehörte wieder der menschlichen Gemeinschaft an, ohne daß die anderen es ahnten. Niemand würde begreifen, daß sie bei diesem Satz lächelte; vielleicht würde man sie sogar für bitter oder hartherzig halten. Nur Spencer nicht. Er würde es begreifen; er würde wissen, wehalb sie lächelte. Sie sah ihn nicht an, es war überflüssig. Sie bewegte die Hand ein klein wenig, um die seine zu berühren.

»*Vater unser, der Du bist im Himmel* . . .«

Die Hochzeitsgäste, bislang lauter einzelne mit schweifenden Gedanken und gleitenden Blicken, unruhig von einem Fuß auf den anderen tretend, wurden bei den ersten Worten des Vaterunsers zu einer geschlossenen Einheit. Alle zufälligen Bewegungen gingen über in ein gleichmäßiges Kopfneigen, alles Hüsteln und Scharren ging unter im gedämpften Chor der Responsorien.

Lauschte man mit gesenkten Lidern den kaum verständlichen, zu einem dunklen Singsang reduzierten Worten, dann bildeten diese einen Klangfries, die vertraute Lautkulisse jeder Gemeinde, jedes Gottesdienstes, allüberall.

Sogar in einer französischen Kirche, dachte Pierre, der unwillkürlich in seiner Sprache mitbetete. »*Que ton nom soit sanctifié.*« Sprach André diese Worte wohl auch auf Französisch? Er warf einen Blick auf den Neffen an seiner Seite. André hielt den Kopf wohlerzogen gesenkt. Es war seine erste amerikanische Hochzeit. Was mochte in dem Jungen vorgehen? »*Donne-nous aujourd'hui notre pain quotidien.*«

Unser täglich Brot, wiederholte Pierre bei sich und sah wieder, wie als Kind, die langen knusprigen Brotlaibe aus der schwarzen Einkaufstasche seiner Mutter ragen. Er roch noch immer den feuchten Duft des frischen Brots, spürte den warmen Luftschwall, der dem Knaben entgegenwehte, wenn er durch die Tür der *boulangerie* trat. Wie gierig hatte er immer die weichen kleinen Brötchen auf dem Glasbrett betrachtet, die es nur am Sonntag gab. Jetzt kaufte Adèle sie für ihn, sooft sie an einer französischen Bäckerei vorüberkam. Wenn sie Zeit hatte, buk sie ihm Brioches für das sonntägliche Frühstück. Welcher Genuß, diese geruhsamen sonntäglichen Frühstücke, von denen er nicht zum Unterricht eilen mußte!

Jetzt natürlich, in Adèles Abwesenheit, waren die Sonntage wie alle anderen Tage, nur schlimmer. Warum sollte er nicht im Bett liegenbleiben, warum überhaupt aufstehen? Da waren ihm die Wochentage lieber, an denen er frühzeitig zur Universität mußte. Bei seinen Studenten im Seminar oder in der Bibliothek an seinem Schreibtisch vermißte er Adèle nicht so schrecklich. Dort allein zu sein, war er gewohnt.

Aber wenn er abends nach Hause kam – furchtbar! Vor allem, wenn er über die Treppe von der Garage zur kalten, dunklen und leeren Wohnung hinaufstieg. Kein köstlicher Suppengeruch, nicht Adèles Stimme von oben: »Ah, Pierre, endlich –«

Er wußte, daß es sie bedrückt hatte, ihn einen Monat lang allein zu lassen. »Bist du sicher, daß du ohne mich zurechtkommst? Bestimmt wirst du dir nicht einmal etwas kochen. Gewöhn dir nur nicht dieses amerikanische Drugstore-Essen an, du brauchst am Abend eine anständige warme Mahlzeit.«

Auf ihren Vorschlag hin hatte er in den vergangenen Wochen in der Universität zu Abend gegessen, war dann spät nach Hause und sofort an seinen Schreibtisch und an das unfertige Manuskript gegangen. Sein Buch – wenigstens konnte er daran arbeiten, während sie in Frankreich war. Fast arbeitete er zuviel, wie Adèle vorausgesehen hatte. »Wenn ich nicht da bin, um dich ins Bett zu holen, wirst du die ganze Nacht an deinem Schreibtisch sitzen.« Aber was sollte er denn sonst tun? Sie hatte den Aufenthalt bei ihrer Familie redlich verdient. Und schließlich machte Arbeit das mönchische Leben, so wenig es ihm entsprach, erträglich, ja sogar einträglich.

Aber ohne Adèle bei einer Hochzeit, einer festlichen Veranstaltung wie dieser zu erscheinen – Pierre konnte sich immer noch nicht damit abfinden. Ausgerechnet auf einer Hochzeit ohne die eigene Frau!

Als sie an Bord ging, hatte sie ihm ganz zuletzt noch einmal eingeschärft: »Daß du mir ja zu Marks Hochzeit gehst, Chéri. Und paß gut auf, damit du mir dann alles erzählen kannst.«

Weshalb genügte es nicht, daß André hinging? Der Neffe konnte sie doch wirklich beide vertreten? Der Neffe, der beinahe ein Sohn war, der Sohn, der ihnen versagt blieb. Aber diese Überlegung hatte Pierre für sich behalten, obgleich Adèle vermutlich dasselbe dachte.

Abgründe im Leben eines Menschen konnte man ebensowenig vergessen oder übersehen wie unbedeckte Gruben im Garten. Man umging sie stets sorgsam, aber still, ohne zu klagen, ohne dem anderen ein *Paß auf* zuzurufen. Man umging sie einfach schweigend und unauffällig, als wären sie nicht vorhanden.

Adèle hatte das Thema auch nicht berührt, als sie auf seinen Einwand antwortete:

»Aber deine Anwesenheit bedeutet Frances so viel, Pierre«, hatte sie gesagt. »Sie ist so gut zu André gewesen. Ihr könnt doch zusammen gehen, ihr zwei.«

Er hörte aus ihrer Bitte etwas heraus, was sie nicht aussprach, was stärker war als ihre Worte: »Es wird dir gut tun, Chéri, wenn du ein bißchen ausgehst und dich nicht immerfort in deine Bücher vergräbst. Du kannst mit Frances flirten und dich amüsieren, dann bist du nicht so einsam.« Hätte sie es laut gesagt, hätte er widersprechen können, aber so –

Schön, schön. Natürlich würde er mit André hingehen. Aber es war doch nicht dasselbe, nicht wie mit Adèle. Wie konnte sie so etwas denken? Sie behandelte ihn als kleinen Jungen, schickte ihn im Sonntagsstaat mit einem Klaps auf die Schulter los, wie seine Mutter es vor Jahren getan.

Damals – er mußte noch ziemlich klein gewesen sein – war seine Mutter krank, und sie schickte ihn mit dem Vater zu irgendeiner Feier: »Tante Félicie legt so viel Wert darauf, ihr zwei Männer habt ja einer am anderen eine Stütze.« Genau wie heute war er verlegen und ärgerlich gewesen, als habe man ihn genasführt. Aber er war gegangen und hatte sich die größte Mühe gegeben, höflich zu sein, hatte seine abwesende Mutter mit den gehörigen Floskeln entschuldigt, hatte die Familienehre gerettet.

»Und wie hat er sich benommen?« wollte seine Mutter wissen, als Vater und er zurückkamen. »*Admirablement!*« lachte sein Vater. »Er log wie ein Diplomat.«

Das wurde in der Familie zum geflügelten Wort. Immer wieder bekam er es zu hören. Man schickte ihn zu allen gesellschaftlichen Anlässen und nannte ihn *Monsieur l'Ambassadeur*. Es verfolgte ihn seine ganze Schulzeit hindurch. Halb und halb erwartete man, daß er in den diplomatischen Dienst eintrete, um sich den Titel zu verdienen; aber er tat es nicht.

Er wurde nie Diplomat. Am nächsten kam er dieser Tätigkeit, als er nach Amerika fuhr, um dort zu unterrichten. Wunderbares Land, Amerika, so weit, so lebendig, so unversehrt! Hier klaffte nicht der tiefe Abgrund zwischen Idee und Aktion wie so häufig in Europa. *Du point de vue moral* ein viel gesünderer Zustand. Und wenn die amerikanische Idee gelegentlich etwas zu wirklichkeitsfremd war – nun, dann sprang er ein. Das war die Aufgabe eines Lehrers. Vielleicht waren sie Diplomaten, schlugen Brücken zwischen zwei Ländern. Er hatte sein ganzes Leben solche Brücken gebaut und war von der Richtigkeit seines Tuns überzeugt. Er hoffte, daß auch André, wenn er durchhielt, einmal Brücken schlagen würde. Im Augenblick mußte der arme Junge sich ziemlich vereinsamt fühlen, aber das war nur natürlich.

Pierre erinnerte sich, daß auch er einsam gewesen war, als er das erstemal nach Amerika kam. Vor Adèles Zeit. Diese trostlosen Junggesellenjahre in einer Pension, ehe er Adèle überhaupt kannte! Welches Glück, daß er sie gefunden hatte (und obendrein noch in seiner Heimatstadt in Frankreich), daß sie bercit gewesen war, mit ihm zu gehen, furchtlos, aufgeschlossen!

Sie war so völlig anders als die anderen auf jenem Studententreffen, weniger selbstgefällig, frischer, mit mehr Abenteurergeist. Sie hatte etwas so Unverfälschtes – nicht ländliche Unschuld, sondern das, was Fénelon »die Unbefangenheit einer aufrechten Seele« nannte. *Aufrecht* war genau das richtige Wort für sie, es paßte auf ihr Inneres wie auf ihr Äußeres. Sie war wie eine Kerzenflamme – nein, nicht so flackernd. Wie ein junger Baum – nein, nicht so starr. Wie eine Fontäne, die steil zur Sonne emporschießt. Ja, sie spendete ihm Kraft und Erfrischung, wenn er müde und niedergeschlagen nach Hause kam. Es genügte, daß er sie ansah, sie an seiner Seite hatte.

Aber sie war nicht an seiner Seite in diesem Wohnzimmer, sie war weit, weit fort.

Pierre fühlte wieder die Last auf seinen Schultern, die Bürde des Alleinseins. Sie ließ einen eine demütige Haltung annehmen und bewirkte, daß man sich möglichst unauffällig im Hintergrund hielt. Man hatte plötzlich, trotz des etwas beschwerlichen Sonntagsstaates, das peinliche Gefühl, nackt und schutzlos zu sein.

Lächerlich! Weshalb war er nicht zu Hause geblieben, wenigstens in Adèles Reich – ihren Töpfen und Pfannen und ihren Geranien. Ja, und auch bei ihren Zetteln, die sie an die Wand gespießt hatte und auf denen mit Bleistift vermerkt war, wieviel Milch er täglich bestellen und wo er seine Lebensmittel einkaufen müsse und wann die Wäsche geliefert wurde. Ihre Atmosphäre war noch da, und das verlieh ihrer Abwesenheit etwas seltsam Tröstliches, als stehe die Zeit bis zum Wiedersehen still. Hier in dieser Menschenmenge konnte er das nicht spüren, höchstens für kurze Augenblicke. Er konnte sie hier nicht einmal richtig vermissen; sie gehörte nicht dazu.

Aber er war nun einmal hier und mußte versuchen, dem Ganzen die besten Seiten abzugewinnen. Er konnte der Trauungszeremonie folgen, die Gäste beobachten, sich alles einprägen, um es ihr zu erzählen, wenn sie sich in Frankreich wiedersahen. Jetzt waren es nur noch zwei Wochen bis dahin. Nein, er wollte ihr heute abend schreiben.

Adèle, *ma chérie*, ich ging pflichtgetreu heute nachmittag zu Marks Hochzeit, wie du mir befahlst.

Was würde sie nun weiter wissen wollen?

Die Braut – ja – Sally war bezaubernd in –

Aber schließlich sahen sie immer gleich aus, die Bräute. Zerbrechlich und sehr fraulich.

Und Mark? Mark sah ernst aus. Aber sah nicht jeder Bräutigam ernst aus?

Die Hochzeitsgäste? Frances war sehr *chic* –

Natürlich, mein Lieber, würde Adèle sagen, *chic* ist sie immer. Aber was hatte sie denn an?

Das konnte er von seinem Platz aus nicht so recht feststellen, er sah nur den Kopf.

Na schön, und die anderen?

Also da waren die MacNiels, Deborah und John –

Die Eltern der Braut, hörte er Adèle sarkastisch antworten. *Naturellement!* Daß die da waren, stand zu erwarten. Hat er es schwergenommen – John?

John? Wieso, nein, das ist mir nicht aufgefallen. (Adèle fiel immer alles auf.) Er schien ganz der alte, würdevoll und stumm, so wie immer. Deborah jedoch kam mir eher nervös vor.

Natürlich, aber das sieht nur so aus. (Er hörte förmlich, wie Adèle sich über dieses Thema ausließ.) Sie ist immer nervös, doch ihm setzt diese Hochzeit mehr zu; in dieser Beziehung ist sie die Stärkere. (Adèle hatte so seltsame Ansichten.)

Tiens, was du nicht alles weißt! Bist du der liebe Gott, Adèle?

Nein, aber ich mache mir so meine Gedanken. (Damit wäre das erledigt, und sie würde das Thema wechseln.) Wer war denn noch da – der Maestro?

Formidable, wie immer. *Magnifique*, mit seiner weißen Mähne, stets posierend, stets auf Publikumswirkung bedacht. Weshalb müssen Künstler solche Egoisten sein, Adèle?

Aber keineswegs alle sind Egoisten. (Sie würde widersprechen.) Manche sind gar nicht egoistisch genug, denk nur an Stephen!

Ja, du hast recht, Adèle. Stephen glaubt nicht an sich. Er hat auch keine Maske, hinter der er sich verstecken kann, nur den Alkohol. Aber bei der Hochzeit war er nüchtern. Durchaus vorzeigbar, wie ich dir zu deiner Freude mitteilen kann. Ein Glück für Frances, obgleich sie von Freunden umgeben war.

Von welchen Freunden? (Adèle wollte immer alles genau wissen.)

Von diesem Arzt und seiner Frau, er ist so eine Art Psychiater, entsinnst du dich? Seltsamer Bursche. Auf mich wirken diese Seelenärzte alle ein bißchen komisch. Seine Frau auch, findest du nicht?

Meinst du Don und Henrietta? (Fast immer waren sie einer Meinung, aber in diesem Punkt könnte Adèle ihm widersprechen.) Sie ist unglücklich, nichts weiter. Sie ist vom Leben betrogen worden.

Aber wie konnte das Leben sie denn betrügen, Adèle? (Damit wäre der Anlaß zu einer kleinen Meinungsverschiedenheit gegeben.)

Das ist doch sonnenklar. Ihre Schwester hat eine bessere Partie gemacht. Ihr Mann liebt sie nicht, betrügt sie –

Aber Adèle, woher weißt du das? (Er konnte ihr nicht alles durchgehen lassen.)

Nun, ich weiß es eben.

Bist du ganz sicher? Hast du Beweise?

Natürlich nicht. Dazu braucht man keine Beweise. Ich weiß –

Aber, Adèle, du solltest so etwas wirklich nicht sagen, wenn –

Natürlich nicht vor Dritten, aber zu dir – (immer hatte sie das letzte Wort.) Im übrigen merkt man es den Menschen an, ob sie glücklich sind. Schau uns an! Schau Beatrice und Spencer an –

Ach ja, die Lockes! Ich vergaß ganz, die waren ja auch da.

Beatrice und Spencer, sind sie beide gekommen?

Naturellement. Jeder hatte seine Frau dabei, nur ich nicht. Ich war allein. Welch eine Situation! Ich sagte es dir ja gleich, Adèle, man geht nicht allein zu einer Hochzeit. Eine Hochzeit will man zu zweit erleben, man will neben seiner Frau stehen, die Braut und den Bräutigam betrachten und dabei seinen Erinnerungen nachhängen.

Weißt du noch, Adèle, wie das vor zwanzig Jahren war – unsere Hochzeit? Du warst schön, aber mit einemmal so feierlich in diesem steifen weißen Zeug. Ich war verblüfft, eigentlich hatte ich ziemlich Angst – nicht vor dir, sondern vor dem neuen Zustand. Das macht einem Angst, die Vorstellung, die wir von der Ehe haben. Wie kann ich jemals verheiratet sein wie Papa und Mama? Unmöglich! Oder wie Onkel Jean und Tante Félicie? *Jamais.* Soweit bin ich noch nicht.

Aber schließlich warst du es, Adèle. Und da standest du, aufrecht wie immer, furchtlos. Mit *dir* war es möglich. Nur du hast es mich durchstehen lassen.

Evidemment! (Sie würde über ihn lachen, aber sie würde sich auch freuen.)

Du lachst, Adèle, aber genau das ist es. Man braucht nicht die gleiche Ehe zu führen wie alle anderen. Im Gegenteil, das gibt es gar nicht. Jedes Paar schafft sich seine eigene Ehe, auch diese beiden, die heute hier heiraten. Und doch gibt es etwas, das für alle gilt – *n'est-ce pas*, Adèle? Das ewige Verlangen, eins zu werden; der nur in kurzen Augenblicken verwirklichte Traum von der völligen Vereinigung.

»Zwei Einsamkeiten, die einander schützen, grenzen und grüßen?«

Nein, das ist Rilke, Adèle. Du weißt ja, was ich von deinem geliebten Rilke halte. Für mich ist er zu germanisch, zu mystisch. Außerdem zu ungenau. Zwei Einsamkeiten: eine schöne Phrase; aber keine Vereinigung. Zwei Menschen, die einander gegenüberstehen, miteinander sprechen – das ist Verbindung, ist Austausch. Saint-Exupéry kommt der Sache näher, erinnerst du dich? »Liebe besteht nicht darin, daß man einander ansieht, sondern daß man gemeinsam in die gleiche Richtung blickt.« Das ist zwar noch immer keine Vereinigung; nur eine ganz bestimmte Verbindung, die den Dichtern besonders am Herzen liegt.

Aber, Pierre, selbst für uns, die wir keine Dichter sind, gehören Verbindung und Austausch doch ganz gewiß zu einer richtigen Ehe.

Natürlich, *chérie*, natürlich. Wer war es doch, der die Ehe eine lange, ununterbrochene, vielfädige Unterhaltung nannte, die sich über die gemeinsamen Jahre erstreckt?

Und wieviel Gedanken hast du dir wegen dieser Unterhaltung gemacht! Weißt du noch, Adèle? Ob wir sie führen würden oder nicht? Du fragtest dich, über was wir abends reden würden. Als könne uns je der Gesprächsstoff ausgehen! Als gebe es nur eine Verbindung durch Worte, wo doch in Wirklichkeit das »*être avec les gens qu'on aime, cela suffit*«. (Das ist es, *chérie*, es genügt, daß man zusammen ist.) »*Rêver, leur parler, ne leur parler point*« (es ist nicht notwendig, daß man redet). »*Penser à eux, penser à des choses plus indifférentes, mais auprès d'eux, tout est égal.*« Das ist es.

Wenn Adèle hier wäre, brauchte er es nicht zu sagen, müßte er sich nur umdrehen und sie ansehen und wüßte, daß sie das gleiche dächte. Seite an Seite würden sie sich dann unter die Gäste mischen, Begrüßungen austauschen, Braut und Bräutigam beglückwünschen, ein Glas Champagner trinken – vermutlich keinen französischen, aber immerhin Champagner – und dann nach Hause gehen, nach Hause, wo er sie in die Arme schließen könnte. Die erste Zeit seiner Ehe kam ihm wieder ins Gedächtnis: wie er nach Hause eilte zu ihr, wie sie einander in die Arme sanken, als fänden sie dort die Heimat, die wahre Heimat. Endlich zu Hause nach langem Exil –

Aber es war zu dumm! Er war allein. Weshalb quälte er sich?

Pierre wandte sich um und betrachtete die anderen Paare im Raum, die glücklichen Paare, die Seite an Seite standen: Deborah und John, Don und Henrietta, Frances und Stephen. Ein seltsames Frösteln überkam ihn, das Barometer seiner Hochzeitsstimmung fiel mit jähem Ruck. Was war los mit diesen Leuten? So kalt und freudlos waren diese Paare, so getrennt und starr; steif standen sie nebeneinander. Alle außer Beatrice und Spencer. Was war mit den anderen geschehen? War jeder ein besonderer Fall wie Frances? Oder stimmte etwas mit den amerikanischen Ehen nicht? Litten sie, wie seine Landsleute behaupteten, noch immer unter dem Fluch des Puritanismus, die Männer als Liebhaber viel zu gehemmt, die Frauen hungrig und unbefriedigt? Mißvergnügt und dominierend wie Frances?

Vermutlich tat man ihnen unrecht. Trotzdem hoffte Pierre, André würde kein amerikanisches Mädchen heiraten. Auch wenn Adèle anderer Meinung wäre. Unsinn, würde sie sagen, nicht alle Amerikanerinnen sind wie Frances. Frances ist unglücklich.

Aber sie ist nicht nur unglücklich, dachte Pierre und betrachtete nun Frances, die wenige Schritte vor ihm stand. Sie sah hungrig und gehetzt aus. Die Ratte der Unzufriedenheit nagte an ihr. Hatte es vermutlich immer getan und würde es wahrscheinlich immer tun. Eine Frau, die schwer zu lieben war, mit der man nicht einmal unbeschwert flirten konnte. Wie albern von Adèle, sich einen Flirt zwischen ihm und Frances auszumalen! Frances würde nie zufrieden sein – auf keinen Fall mit einem Mann. Irgend etwas, ein Traum, ein unerreichbares Ideal hetzte sie.

Frances ließ ihn immer an eine unbegabte Simone Weill denken, ewig analysierend, sezierend, verwerfend; und ewig suchend. Oder an jene Frauen, von denen Rilke schrieb, ihr einziger Kummer bestehe darin, daß man von ihnen verlange, sie sollten sich nicht völlig verschwenden. Vielleicht hätte Frances in einem anderen Zeitalter eine Berufung gefunden, in der sie sich völlig hätte verschwenden können, so aber schien sie zu nie endendem Suchen verdammt, zu einer Jagd nach Vollkommenheit, die die menschlichen Möglichkeiten, die Lösungen des Durchschnittsmenschen außer acht ließ: die Kirche oder eine Liebesbeziehung, selbst die Scheidung. Vielleicht zuviel protestantischer Stolz. Sie konnte von anderen keine Hilfe annehmen, sie mußte es allein schaffen.

Aber wir sind nicht dazu bestimmt, es allein zu schaffen. Wir sind dazu bestimmt, es gemeinsam zu schaffen, *n'est-ce pas*, Adèle? Pierre wandte sich erleichtert wieder dem imaginären Gespräch mit seiner Frau zu. Was ist eine Ehe denn anderes als dies: die eigene Menschlichkeit, die eigene Abhängigkeit zu akzeptieren? Hilfe vom anderen anzunehmen und Hilfe zu leisten – genauso, wie man Gottes Barmherzigkeit annimmt, verdientermaßen oder nicht.

Nicht, daß ich es verdiente, Adèle; ich habe nicht das Gefühl, daß ich deine Liebe verdiene, aber ich nehme sie an. Ich nehme sie sogar für selbstverständlich wie mein tägliches Brot. Vielleicht zu selbstverständlich. In solchen Augenblicken wie jetzt erkennt man, wie es wäre, wenn man ohne Brot leben müßte. Unser tägliches Brot, etwas ganz Gewöhnliches. Man bricht es, man teilt es, man ißt es, beinahe ohne es zu schmecken; aber man kann nicht ohne es sein oder von Brosamen leben – wie Frances. Man braucht den ganzen Laib. Und es muß gutes Brot sein.

Weißt du noch, Adèle, wie ich dir erzählte, daß ich als junger Student in Amerika Geld zu sparen versuchte, indem ich wie zu Hause von Brot lebte – am Morgen mit Kaffee, am Mittag mit Käse, am Abend mit Suppe? Und wie ich hungerte? Es war nicht gut genug – Fabrikware, kein nahrhaftes, frischgebackenes Brot.

Aber damals warst ja auch du noch nicht da, wir waren noch nicht verheiratet. Danach hungerte ich, nach dem Brot des Lebens, nach dem lebendigen Brot, von dem der heilige Johannes in der Bibel spricht, das man endlos teilen kann und das dennoch nährt, wie es das Wunder von den Brotlaiben und den Fischen lehrt. Das Brot der Liebe. Nur Liebe kann endlos geteilt werden und nimmt nicht ab.

Du nennst sie die Liebe Gottes, Adèle, nicht Menschenliebe?

Aber es ist doch gewiß die gleiche Substanz, wenn auch bescheidener. Wenn wir einander lieben, sind wir der göttlichen Liebe teilhaftig. Das Sakrament der Ehe – das ist es doch, *n'est-ce pas?* Das ist es, was wir gefunden haben, Adèle. Ist das so schwer zu finden? Für uns war es leicht. Es war da, damit wir es nehmen – damit wir es geben.

Jetzt hatte er es vor sich, hier, in diesem jungen Paar, Mark und Sally. Er mußte an seine eigene Hochzeit zurückdenken und sah dabei die Zukunft dieser beiden, die da vorn am Fenster standen. Was würde aus diesem Augenblick der Vereinigung hervorgehen?

Sie werden glücklich sein, Adèle. Sie sind wie wir. Ja doch, sie sieht dir sogar ein bißchen ähnlich – wie du an jenem Tag aussahst. Es ist die Blondheit, die durchsichtige Haut. Ja, *chérie*, sie sieht dir ähnlich.

Diese Feststellung erfüllt ihn mit solcher Freude, daß er sich unwillkürlich umwandte, seine Frau neben sich suchte, um – nicht Adèles Blick, sondern dem seines Neffen André zu begegnen, der seinen strahlenden Onkel verwundert ansah.

»Markus, willst du diese Frau zum Eheweib haben . . . willst du sie lieben, ihr gut sein . . . dich allein zu ihr halten, solange ihr beide leben werdet?«

»Ich will«, sagte Mark.

Als die Stimme ihres Sohnes ertönte, hörte das Flimmern vor Frances' Augen auf, und sie konnte endlich ihre Umgebung deutlich wahrnehmen.

So war es besser. Sie konnte sich jetzt wieder zurechtfinden, wie wenn man im Dunkeln aufwachte und Hilfe suchte bei dem Lichtstrahl unter der Tür. Meist war es die Dielenbeleuchtung, fiel ihr ein, die bläßlich durch den Spalt ihres Kinderzimmers schimmerte. Welch langer Weg durch die Diele des alten Hauses bis zum Badezimmer am anderen Ende! Voller Gefahren war dieser nächtliche Gang, eine Mutprobe, eine Prüfung, eine Odyssee, bis man das schwache Deckenlicht am anderen Ende erreicht hatte. Man mußte sich zwingen, aus dem Bett zu steigen, mußte sich an den Lichtstrahl klammern und der Sicherheit und Erlösung entgegenmarschieren, als wollte man das himmlische Königreich erobern.

Ich will. Wie kraftvoll Mark das sagte! So war er schon als Kind gewesen, als er auf ihrem Schoß saß und »Mutter Gans« las. »›Ich will‹, sagte das kleine rote Huhn.« Verrücktes Kinderbuch! Mark hatte es geliebt, das kleine rote Huhn, das die ganze Arbeit allein verrichtete, während das Schwein und der Hund nur spielten. Frances kam sich ein wenig wie das kleine rote Huhn vor. Ihr half auch keiner – ganz gewiß nicht Stephen.

Frances hörte dicht neben sich ihren Mann heftig atmen. Armer Kerl, die Hochzeit setzte ihm mächtig zu!

Aber was hatte sie sich erwartet, als sie ihn heiratete, einen Künstler, einen Neurotiker, der zuviel trank? Wie konnte er ihr helfen?

Mark jedoch hatte ihr geholfen, hatte Stephens ganze Arbeit getan. Im Grunde hatte er sich zuviel aufgebürdet (»›Oh, wer wird mir das Feuer richten?‹ fragte das kleine rote Huhn«), wenn er ihr, als er noch viel zu klein dafür war, das Holz in das

Landhaus auf Long Island schleppte. (»›Ich will nicht‹, sagte das Schwein. ›Ich will nicht‹, sagte der Hund.«) Mark, der im Winter den Eingang freischaufelte, in seinem pludrigen Schneeanzug und mit einer Schaufel, die doppelt so lang war wie er. (»›Ich will es tun‹, sagte das kleine rote Huhn.«) Mark, der Phyllis morgens in die Schule brachte, wenn sie selbst bei der Arbeit war. Viel tüchtiger als die Stütze.

Im Grunde war natürlich er die Stütze. Viel zu sehr. Sie stützte sich auf ihn. Das hätte sie nicht tun dürfen, sie hätte wissen müssen, was sie damit anrichtete. Sie machte einen Ehemann aus ihm, vielleicht sogar einen Vater. Damals brauchte sie dringend einen Vater, damals hatte sie noch nicht erkannt, daß man sich auf niemanden stützen konnte, nicht auf einen Ehemann, nicht einmal auf einen Vater.

Es war schwer, erwachsen zu werden, die Eltern zu verlieren, die Brust, die Schulter, den starken Arm. Man suchte nach einem Ersatz – einer anderen Brust, einer anderen Schulter. Sogar bei den eigenen Kindern, sobald diese die schwere Last gerade eben auszuhalten vermochten.

Das war nicht recht. Kinder waren zu verwundbar; sie wirkten nur erwachsen, wollten es sein. Sie schlüpften in die Rolle hinein. Konnten der Versuchung, Mutters Stütze zu sein, nicht widerstehen. Dann saßen sie in der Falle. Eine Falle war es, eine Falle. Die Amerikanerinnen machen sich ihre Söhne hörig, hatte sie irgendwo gelesen. Stimmte das etwa nicht? Sohnespflicht, Verantwortung, Schuld. Und dann war es um sie geschehen, um die braven Stützen der Mutter. In der Falle saßen sie, abhängig und grollend, verkrüppelt und rebellisch, heiratsunfähig –

»*Ich, Mark, nehme dich, Sally . . .*«

Nein – nein! Frances verscheuchte den Alpdruck. Das stimmte nicht. Da stand Mark und heiratete, nicht gefangen, ganz und gar nicht verkrüppelt. Da stand er und sagte: *Ich will. Ich, Mark.*

Seine Stimme klang so sicher. Wie konnte er so sicher sein? Wie konnte irgend jemand bei seiner Trauung sicher sein? Wir alle haben Scheuklappen vor den Augen, bis wir diesen Schritt wagen. Dann können wir sehen, dann ist es zu spät. Wieder eine unglückliche Ehe, und das alte Lied fängt von neuem an.

Wie konnte sie Mark und Phyllis davor bewahren? Auf ihr eigenes Leben kam es nicht mehr an, aber auf das der Kinder, die Kinder waren wichtig. Deshalb hatte sie gestern nacht nicht schlafen können, und viele andere Nächte auch nicht. Ihre Kinder mußten davor bewahrt bleiben. Endlich mußte es anders werden. Keine unglückliche Ehe mehr, Schluß mit den vielen unglücklichen Ehen, die sich von Generation zu Generation wiederholten. Bis ins dritte und vierte Glied ... die Sünden der Väter –

Eine Sünde? Welche Sünde hatte sie weitervererbt? Konnte es Blindheit sein? Wenn man tiefer forschte, war es vielleicht Sünde, daß man der Wahrheit auswich, daß man die Wahrheit nicht sehen wollte.

Aber die Wahrheit war schwer zu finden; und noch schwerer war es, ihr ins Gesicht zu sehen. Frances' ganzes Leben war eine Art Reise zur Wahrheit, eine Suche nach ihr. Sah sie denn die Dinge jetzt, rückblickend, wirklich so, wie sie waren?

Diese letzten Wochen waren ein einziger Rückblick gewesen. Seit Mark ihr vor Monaten seine Liebe zu Sally gestanden, hatte sie zurückgeblickt und zu begreifen versucht. Aber gestern nacht – lieber Gott, welch eine lange Nacht! – als sie starr und wach neben Stephen lag, waren alle Fehler ihres Lebens über sie hereingebrochen. In Rudeln, in ungebändigten Rudeln. Ohne Anfang, ohne Ende, so wie es nachts immer ist. Gedanken im Dickicht der Nacht, wirre Alarmsignale – planlose Heere – Zusammenprall bei Nacht – bei Nacht –

Bei Tag war es anders. Im Licht des Tages, nach ein klein wenig Ruhe, hellte sich alles auf. Heute hatte sie ihre Gedanken zur Ordnung gerufen; klare Bilder zogen an ihr vorüber. Keine verschwommenen Ränder, kein trübender Schleier der Schuld oder des Vorwurfs. Die Intensität des Augenblicks hatte das alles weggebrannt. Eine Prozession in der Wüste, so jagte ihr Leben heute an ihr vorbei, erbarmungslos deutlich in der grellen Sonne.

Ihre unglückliche Ehe – jetzt sah sie die Zusammenhänge. Jahrelang hatte sie nichts begriffen. Irgend etwas stimmte nicht, das war alles, was sie sich eingestand. Es war nicht die Ehe, nicht sie, nicht Stephen – einfach *etwas*. Dann aber wollte sie natürlich wissen, was dieses Etwas war.

Zuerst gab sie Stephen die Schuld. Das lag nahe. Verheiratet mit einem Mann, der Quartalsäufer war – was sollte sie da tun? Sie hatte sich weiß Gott Mühe gegeben, hatte versucht, ihn am Schlafittchen zu packen, ihn zu einem Arzt zu bringen. Schließlich ging sie selbst. »Hilfreiche Ratschläge für den Umgang mit Alkoholikern« – das war alles, was dabei herauskam.

Im Grunde kam es nicht auf irgendwelche Abhilfe an, sondern auf das Warum. Hatte man diese Frage erst einmal gestellt, und forschte man weiter, dann lotete man tiefer und tiefer. Zuerst der Splitter im Auge des Nächsten, dann der Balken im eignen Auge. Ein neurotischer Ehemann, dann das Neurotische in einem selbst, das sich diesen Ehemann gewählt hatte. Weshalb hatte sie Stephen geheiratet? Sie wußte es bis heute nicht genau.

Jedenfalls machte sie Stephen keine Vorwürfe mehr – und sich selbst auch nicht. Das war die nächste Stufe. Es war so leicht, sich Vorwürfe zu machen. Man hatte dann das Gefühl, etwas zu erreichen, eine Art Ersatz für Verständnis. Dafür gab es aber keinen Ersatz. Man mußte versuchen zu verstehen, nicht anderen Vorwürfe machen: weder Stephen noch seinen Eltern, noch ihren Eltern, nicht einmal sich selber. Erhob man Vorwürfe, so wälzte man nur die Bürde von einer Schulter auf eine andere, man schob sie weiter und weiter von sich und redete sich ein, man bringe damit etwas zuwege.

Vergebliches Tun, nichts anderes waren Beschuldigungen. Man steckte den Kopf in den Sand, aber es war sinnlos. Man mußte den Dingen mit offenen Augen ins Gesicht sehen.

Sehen, die Augen offenhalten, war immer schmerzlich. Aber hatte man sie einmal geöffnet, konnte man das nicht ungeschehen machen. Die Bilder stürmten auf einen ein, aufblitzende Erinnerungen, wie eine nächtliche Bahnfahrt durch vergessene Landschaften, auf der man immer wieder ruckartig in vertrauten Bahnhöfen erwachte, die im künstlichen Licht fremd wirkten. So waren die Bilder der vergangenen Nacht vor ihren geschlossenen Lidern vorübergezogen. Heute, bei geöffneten Augen, waren sie noch immer da, ja noch deutlicher.

Zum Beispiel Vater – sie sah ihn, wie er immer war, hinter bläulichen Schleiern von Zigarettenrauch, gut aussehend, müde, charmant, in seinem Arbeitszimmer, einer Festung aus Büchern und Papieren, von Mutter behütet und bewacht. Peter und ihr hatte man eingeschärft, sich im Umkreis dieses Allerheiligsten nur auf Zehenspitzen zu bewegen, nicht die Treppe hinaufzustürmen, nicht aus dem Fenster zu rufen, Baseball nur in den Höfen anderer Kinder zu spielen. »Euer Vater arbeitet an seinem Buch.« »Euer Vater hat Migräne.«

Was war das eigentlich für ein Buch, an dem Vater ewig schrieb? Nie bekam es jemand zu Gesicht. Nie erschien es. Angeblich schrieb er über die Memoirenliteratur des 18. Jahrhunderts. Er war einmal Anwalt gewesen, daran hatte sie noch eine undeutliche Erinnerung, aber das gab er auf. Er ging immer seltener ins Büro und schließlich überhaupt nicht mehr. Er saß nur noch im Studierzimmer, seiner Retraite, seinem Ersatz für eine Professur. Das trug ihnen in jener östlichen Kleinstadt den Nimbus einer kultivierten Familie ein.

Aber wovon lebten sie? Sie konnte es nicht sagen. Immer in Geldnöten, das wußte sie. Großpapa hatte Geld, und Vater war der einzige Sohn. Das war vermutlich die Rettung. Und Mutter rechnete sehr genau.

Wie hatte Mutter geschuftet – diese Energie, da merkte man die Missionare in ihrer Ahnenreihe! Die Treppe rauf, die Treppe runter, ein Tuch gegen den Staub um den Kopf gebunden. Sie buk Kuchen für den Kirchenbasar oder packte Kleiderpakete für die Leprakranken in Allahabad. Mutter hielt alles in Trab – den Haushalt, die Kinder, die Stadt. »Wenn Mutter den kleinen Finger hebt, dann zittern wir alle« – Vaters alter Witz. Aber es war etwas dran.

Ob Mutter glücklich war, überlegte Frances. Man wußte es nie genau. Hinter ihrer Geschäftigkeit war alles so gut versteckt. Was fühlte Mutter, was fühlte sie wirklich?

Vater – nun, was Vater fühlte, das wußte man. So charmant war er manchmal, erzählte anstößige Geschichten aus dem 18. Jahrhundert, ließ Zigarettenasche auf den Teppich fallen, die Mutter dann wegkehren mußte, arme Mutter. Und manchmal sprach er bei Tisch kaum ein Wort, brummelte nur so vor sich hin, und Mutter nannte ihn dann eine brütende Henne. Niemand nannte das damals neurotisch. »Niedergeschlagen«, sagte man oder einfach: »abgespannt«.

Mutter richtete ihn wieder auf. »Wie wär's mit einem Spaziergang, Henry, einem kurzen erfrischenden Spaziergang?« sagte sie. Oder auch: »Was dir fehlt, ist ein gutes Tonikum.« Auf dem Regal im Badezimmer standen die furchteinflößende sechseckige Flasche mit Peptomangin und die bauchige klebrige Flasche mit Malz und Lebertran, diese magischen Flaschen.

Sie taten nicht immer ihre Wirkung. Vater mußte sehr abgespannt gewesen sein, als sie damals nach Europa fuhren. Peptomangin und eine Reise an die See genügten nicht mehr. Die ganze Familie packte die Koffer und fuhr nach Europa. Wegen Vaters Studien, sagte Mutter. Das war ein geschickter Vorwand. Es brütet sich besser fern von Freunden und Verwandten. Man braucht dann nicht soviel zu erklären.

Wie man sich immer für seinen Mann entschuldigt! »Stephen

arbeitet an einem neuen Projekt.« – »Stephen braucht neue Anregungen.« – »Stephen ist nicht nach Geselligkeit zumute.«

Aber das war es Stephen heute auch nicht, mußte Frances sich eingestehen. Dem Stephen, der neben ihr stand, nervös, Tränensäcke unter den Augen. *Wer gibt diese Frau?* Gott sei Dank war es nicht Stephen, der die Braut dem Bräutigam zu übergeben hatte! Alles, was er tun konnte, war, hier zu stehen; alles, was sie tun konnte, war, ihn mit all ihrer Willenskraft zu stützen. Hatte Mutter bei ihrer eigenen Hochzeit Vater gestützt, ihn so im Zaum gehalten?

Doch sie war eigentlich gar nicht wie Mutter – oder? Der Gedanke, daß Mutter vielleicht den Vater hatte ebenso stützen müssen wie sie jetzt Stephen, ließ Frances zusammenzucken, wie man vor einem Spiegel in einem Kaufhaus vor dem eigenen Bild zusammenzuckt, weil man glaubt, man laufe in jemanden hinein. Aber wie Mutter war sie eigentlich nicht. Und wie stand es mit Stephen?

Nein, o nein. Stephen war anders gewesen, nicht wie Vater, nicht erschöpft, völlig anders im Anfang. Es war schwer, sich den jungen Stephen zurückzurufen – er hatte sich, wie er damals in Paris gewesen war, so allmählich verändert. Als sie ihn kennenlernte, war er der Mann ihrer Träume gewesen. Ein begabter Künstler, der überdies noch an der Beaux Arts studierte. Sehr gut aussehend, von sorgloser amerikanischer Jungenhaftigkeit, zu der ein gewisser europäischer Intellektualismus kam, den sie unwiderstehlich fand.

Sie saß zu seinen Füßen – wie linkisch und unintellektuell sie gewesen war! – und berauschte sich an seiner Welt, von der sie so wenig wußte, die aber Vater und Stephen viel bedeutete. Auch sie verlangte danach. Es dürstete sie danach. Europa war wie ein erster Frühlingstag nach einem langen grauen Winter. Licht, Farbe und Wärme.

Schwindelerregend war er gewesen, jener Frühling in Paris. Stephen kannte alles, verstand alles. Sie lernte durch ihn verstehen, sah mit seinen Augen. Das war anders als das Besichtigen mit Vater und Mutter, unter historischem Aspekt, oder nach den Sternen des Baedekers, immer aus zweiter Hand.

Aus erster Hand erlebte sie nun alles. Sie entwickelte neue Sinnesorgane. Mit Stephen genoß sie Frankreich: das seidige Märzgrün der Buchenwälder von Rambouillet und *fraises de bois à la crème fraîche*, offenen Rotwein, und die große Rosette von Chartres. Die Schönheit, der Reichtum, die traurige köstliche

Müdigkeit Europas – wie hatte sie sich von ihr verführen lassen! Und auch von der Schönheit, der Traurigkeit Stephens.

War diese Müdigkeit denn damals bereits dagewesen, und sie hatte sie nicht erkannt? Alles Europäische zog sie an, heute noch. Jeder Europäer, sogar Marks Freund André. Unwillkürlich blickte sie zu ihm hinüber und sah Andrés blasses leidenschaftliches Gesicht im Profil. Armer Junge, er war auch ein klein wenig in sie verliebt, aber er suchte wohl mehr die Mutter in ihr. Was hätte er sonst in ihr sehen können, alternd und grau, wie sie war?

Aber sie konnte auch nicht begreifen, was Stephen damals in Paris an ihr gefunden hatte. Was hatte Stephen an dem unkultivierten, unintellektuellen Mädchen angezogen?

Vielleicht, daß sie sein erstes Publikum war? Sein älterer Bruder beanspruchte die ganze Aufmerksamkeit der Familie – Albert, der Künstler, der Musiker. Sie jedoch hatte Stephen zugehört, seinen Gedanken, seinen Zukunftsträumen gelauscht. Es war viel leichter, sie für sie zu entwerfen, als sie zu Papier zu bringen. Sie nahm sie entgegen, mit offenen Armen, wie Kinder; nährte sie, wärmte sie. Und schließlich auch Stephen selbst.

In jenem Winkel des Bois, in dem er als Kind mit Albert gespielt hatte, machte er seinen Antrag. Sie waren dieselben Alleen entlanggegangen, durch die er und Albert die Reifen getrieben hatten, gefolgt von einer Schweizer Bonne. »*Attend, Albert, attend nous!*« Albert war immer weit voraus, erzählte Stephen, nie konnte er mit ihm Schritt halten.

An jenem Nachmittag blühten noch die Kastanien, weißer Blütenschnee bedeckte den Boden, achtlos schritten sie darüber hinweg. Überall im Gras lagerten Menschen – wie auf einem Gemälde von Seurat, sagte Stephen, Familien picknickten unter Bäumen, Liebespaare hielten sich umschlungen, Kinder ließen Sprungseile kreisen.

Jardin d'Acclimatation hieß dieser Park. Weshalb hatte er sie hierhergeführt, zu der Miniatureisenbahn und den Spielzeugbooten, den Blumenbeeten und den Kasperl-Theatern? Weshalb in diesen Park, der für die Kinder bestimmt war?

Nicht, um ihr die Pflanzen und Tiere und Kinder zu zeigen. Er dachte nur an ein einziges Kind an jenem Nachmittag, an das Kind, das er gewesen war, den kleinen Jungen mit dem Reifen. Sie lebten an diesem Tag eigentlich in der Vergangenheit. Bis er plötzlich – sie schlenderten Hand in Hand - den kleinen Jungen mit dem Reifen ihrer Obhut anvertraute.

Er blieb stehen, mitten in der Allee, und bat sie, ihn zu heiraten. Mitten in der Allee standen sie, umarmten einander. Niemand nahm Notiz davon, niemand kümmerte sich darum.

Aber sie wußte es nicht, sie sah nicht einmal den kleinen Jungen in dieser wunderbaren, neuen, frühlingshaften Welt von Paris. Sie wünschte sich, daß es immerfort so weitergehe, daß endlose neue Welten sich vor ihr auftäten. Wie konnte sie fehlgehen, solange Stephen sie führte?

Dann, nach der Heimkehr in das Haus auf Long Island, entdeckte sie, daß sie sich noch immer an den Händen hielten, daß aber sie ihn führte! Wie war das geschehen, wie kam es, daß die Rollen vertauscht waren? Sie war die Mutter, er das Kind. Zumindest erwartete Stephen das, er wollte sich auf sie stützen, nicht ihr Stab und Stütze sein. Aber auch sie wollte sich auf jemanden stützen können. Sie brauchte einen Vater, er brauchte eine Mutter. Und sie erwachten und merkten, daß sie beide Kinder waren.

Zwei Kinder, so wie die beiden da vorn am Altar.

»*... meinen angetrauten Gemahl zu haben und zu behalten ...*«

Jetzt legte Sally ihre Hand in die Marks. Hand in Hand, wie Stephen und sie.

Wie die Kinder im Wald waren sie und Stephen gewesen, blind, völlig blind stolperten sie durch das Dickicht. Als ihr allmählich die Augen aufgingen – es dauerte lange Jahre des unglücklichen Umherziehens von einem New Yorker Vorort in den anderen – als sie zu sehen begann, war es zu spät. Da hatten sie selber Kinder, Mark und Phyllis, und Stephen war dem Alkohol verfallen. *(... in guten wie in bösen Tagen ...)* Wie hätte sie damals einen Ausweg finden können? Wäre es möglich gewesen *(... in kranken und in gesunden Tagen ...)*? Sie dachte an Scheidung – wie lange schien das jetzt zurückzuliegen – um der Kinder willen. Aber auch Stephen war ein Kind. Wie konnte sie ihn im Stich lassen, ihn verraten? Mutter hätte das mißbilligt. *(... bis daß der Tod uns scheidet ...)* Vater lebte damals schon nicht mehr. Was hätte Vater wohl gedacht? Oh, Vater –

»*Vater unser, der Du bist im Himmel ...*«

Was konnte sie tun? Aus Verzweiflung ergriff sie einen Beruf. Auch das war Verrat. Aber sie mußte fort. Viel verdiente sie nicht in dem Innenausstattungsgeschäft, aber sie gewann wieder Zuversicht und Selbstachtung. Das verdankte sie eigentlich Pym. Denn er nahm Notiz von ihr, er erleichterte ihr das Leben, wo er nur konnte. Sie und Pym – *das* war Verrat, weiß Gott.

»*... vergib uns unsere Schuld ...*«

Unsere Schuld – aber es war nicht zu vermeiden, daß sie sich verliebte. Pym war ihr Chef und hatte von Anfang an ein Auge auf sie geworfen. Wenn man verletzbar war und so umsorgt wurde, konnte man nicht widerstehen.

Als Pym sie eines Tages zum Mittagessen einlud, redeten sie und redeten. Das Restaurant leerte sich, und sie saßen noch immer vor ihren kalten, halbleeren Kaffeetassen und redeten. Der Schleier senkte sich zwischen ihnen. Pym war ebenso unglücklich wie sie. Hildegarde war eine herrschsüchtige Frau, hoffnungslos neurotisch, immer laborierte sie an irgendeinem Leiden. Waren denn alle unglücklich? War auch die Ehe eine Falle? Wie wunderbar, in diesem Irrgarten die Hand eines anderen zu finden und zu halten!

Der Trost einer anderen Hand, das genügte, zuerst. Sie fragte nicht, wohin es führte. Sie lebte vom Nichts, wie eine Luftpflanze, eine Traumorchidee. Als es dann zu einem Verhältnis führte *(... führe uns nicht in Versuchung ...)*, erschrak sie zutiefst. Unglaublich! Wie konnte man ihre Liebe zu Pym ein Verhältnis nennen, ein gewöhnliches, schäbiges Verhältnis, wie Krethi und Plethi es hatten? Ehebruch hätte Mutter es genannt – eine Sünde, ein Übel.

»*... erlöse uns von dem Übel ...*«

Aber Mutter lebte damals nicht mehr, und nach dem ersten Erschrecken kam ihr die Beziehung zu Pym nicht mehr schlecht oder auch nur sehr seltsam vor. Stephen war ihr Kind, Pym war ihr Geliebter. Sie und Pym schienen beide durch dieses Leben im verborgenen glücklicher, ja besser zu werden. Niemand schien darunter zu leiden, im Anfang. Sie kam, erfüllt von Pym, nach Hause. Alles war leichter: Kinder, Arbeit, Mann. Sogar Stephen und Hildegarde bekamen in gewisser Weise mehr Liebe. Es war mehr Liebe in der Welt – wie konnte das falsch sein? Diese Liebe teilte sich der ganzen Umwelt mit.

»... denn Dein ist das Reich und die Macht und die Herrlichkeit in Ewigkeit ...«

Aber nicht in Ewigkeit – o nein! Es währt nie ewig. Weshalb sagen sie bei einer Trauung »in Ewigkeit«? Nur eine kleine Weile. Dann geschieht etwas, irgend etwas zerspringt.

Was geschah mit Pym? Die Gespräche über Ehe und Scheidung verursachten den Sprung. Und sie hatte davon angefangen. Pym sagte immer, wie wunderbar es sei, nie Abschied nehmen zu müssen. Aber im Grunde hatte er es nicht ernst gemeint. Er sprach nie vom Heiraten. Für ihn hätte es ewig so weitergehen können, dieses Sich-an-der-Hand-Halten wie Kinder, dieses Ins-Nichts-Wandern. Ihr genügte das nicht: Händehalten bis in alle Ewigkeit, in einem Irrgarten, in einem finsteren Labyrinth. Sie wollte den Ausweg finden, den wollenen Faden aufwickeln und ihm durch den gewundenen Gang folgen wie einem Licht am Ende eines langen Korridors, einem Lichtschein unter der Tür. Hand in Hand, ja, aber auf einem Weg, der irgendwohin führte, hinaus ins Tageslicht.

Sonst lebte man stets in der Angst, ertappt zu werden, in der namenlosen Angst vor dem Ungeheuer, das im Dunkeln hauste, das einen zu fassen bekäme und verschlänge. Das war schlimmer als Scheidung.

Scheidung war schrecklich, aber wenigstens keine Heimlichtuerei. Dieses Leben im Finstern – Heimlichkeit fraß es auf, minderte es herab. Sie wollte nicht, daß es herabgemindert wurde. Alles mußte von der gleichen Art sein wie ihre Liebe, sonst war es Sünde.

Ja, genau das war Sünde: den großen Dingen des Lebens – Liebe, Tod, Geburt – die Größe vorzuenthalten, die sie verdienten; sie ihrer Würde, Ehrfurcht, Gnade zu berauben. Eine Hochzeit verlieh Größe, die Größe Gottes, und Gnade – *»Spender aller Gnaden«*.

Aber wenn man mit der Liebe spielte, sie schäbig behandelte, dann wurde sie schäbig und würdelos wie das Verhältnis mit Pym. Sah Pym es nicht so an? Er minderte es herab – »eine Sache für sich«. War es so weit mit ihnen gekommen, daß auch auf ihre Beziehung die abgedroschene Redensart zutraf? Liebe war für eine Frau die Erfüllung ihres Daseins. Für Männer, jedenfalls für Pym, war sie eine Sache für sich. Nie würde sie sein Gesicht vergessen, diesen zynischen, überlegenen, ein ganz klein wenig unsicheren Ausdruck, als er sie mit jener Redensart schockiert hatte.

»Ach, mein Liebes«, hatte er mit sanftem Spott gesagt, »du wirst doch nicht einen Lebensinhalt daraus machen wollen?«

Sie hatte nicht geantwortet. Sie hätte ihm bis heute keine Antwort darauf geben können, sie war zu wütend gewesen.

Ja, das hast du getan. Du wolltest es zu deinem Lebensinhalt machen. Weshalb auch nicht? Weshalb hättest du dein Ehegelöbnis um einer Sache willen brechen sollen, die oberflächlich, unverbindlich und nur ein angenehmer Zeitvertreib war? Sie nahm ein Gelöbnis ernst, es war furchtbar, ein Gelöbnis zu brechen.

»*... und dazu gelobe ich dir meine Treue.*«

Mark gab Sally den Ring, steckte ihn an ihren Finger.

Frauen nahmen die Ehe ernst, in einer leidenschaftlichen Aufwallung wurde ihr das ganz klar. Sie hatte einmal gefehlt, aber sie nahm sie noch immer ernst, mehr denn je. Seit ihrer Verfehlung wußte sie, was die Ehe bedeutete. Mit Pym wollte sie das Richtige. Sie wollte die ganze Liebe, die intakt war, nichts Verborgenes und Verstümmeltes. Sie wollte von neuem beginnen, ganz von vorn, und bis zum Ende durchhalten – *bis daß der Tod uns scheidet*. Ja. Unauflösbar eins –

»*Im Namen des Vaters und des Sohnes und des Heiligen Geistes.*«

Guter Gott, wie mußte sie Pym erschreckt haben! Das war ganz und gar nicht nach seinem Sinn, unauflösbar eins zu sein, durch einen goldenen Ring verbunden, mit einer goldenen Kette an ein Heim gefesselt. Ein Heim? Ein provisorisches Haus, das entsprach seinen Wünschen. Nicht einmal ein richtiges Haus, eine Art Sommerpavillon, eine von Reben umrankte Laube im Garten. Dort wünschte er sich hin, dort würde er ihr immer wieder beteuern, wie himmlisch es gewesen wäre, ohne auch nur einen Finger zu rühren, um es zu verwirklichen.

Nicht den kleinen Finger (»... Wenn Mutter den kleinen Finger hebt ...«). Und als sie drohte, es zu verwirklichen, da nahm er Reißaus. Heute war es ihr ganz klar, fast hätte sie darüber lachen können. Aber in jenem Herbst weinte und weinte sie. Hildegarde erkrankte an einer Art Arthritis, und Pym mußte sie nach Kalifornien bringen. Sie fühlte sich völlig verraten, zutiefst enttäuscht. War Pym so anders als Stephen? Er trank nicht, aber war er nicht genauso schwach? Zitterte er nicht genauso vor Hildegarde wie Stephen vor ihr? (»... dann zittern wir alle ...«) Wieder das alte Lied, es war erschreckend.

Nein, sie wollte keine Scheidung. Jetzt nicht; weder für Pym noch für sich selbst. Für manche Menschen war es möglich. Für Beatrice, die ihr gegenüberstand. Eine geschiedene Frau und mit Spencer ein zweitesmal verheiratet. Für die beiden war es das Richtige. Auch für andere Menschen, für manche ihrer Freunde. Sie hatte ihnen zugeredet: geschieden, wieder verheiratet, ein neues Leben. Verletzt, aber nicht verstümmelt. Und das galt selbst für die Kinder. Natürlich war es schwer für sie, aber sie fanden sich wieder zurecht, langsam, wie Pflanzen, deren Zwiebeln man verkehrt in die Erde gesetzt hatte und die doch dem Licht entgegenwuchsen. Es war etwas durchaus Mögliches, eine Scheidung.

Aber nicht für sie. Wegen ihres Gelübdes? Nach so langer Zeit? Wurde sie vielleicht doch noch moralisch? Oder gab sie nur dem Alter und der Müdigkeit nach?

Nein, es war nicht Müdigkeit, es war etwas viel Positiveres. Nicht einmal Moral. Etwas anderes lenkte sie. Undeutlich spürte sie, daß es andere Werte waren, auf einer anderen Ebene, stärker als Moral. Was aber konnte stärker sein als Moral, wichtiger als Treue oder ein gehaltenes Versprechen?

Und doch gab es etwas Stärkeres, davon war sie überzeugt. Vielleicht den Wert des Lebens an sich – das Wachsen und die Kontinuität des Lebens. Sie wußte nur, daß sie der Richtung ihres Wachstums folgen müsse, daß sie dabei aber nicht die Ganzheit des Lebens in ihrem Umkreis zerstören dürfe. Dieses kleinen Universums, das sie, trotz allem, geschaffen hatte: Mann, Kinder, Heim.

Das Streben nach Wahrheit und das Fest-Verankertbleiben im eigenen Lebenskreis – zwischen diesen beiden divergierenden Kräften mußte sie das Gleichgewicht behalten, zwischen dem Vorwärtsstreben und dem Feststehen, zwischen der Leidenschaft für die Wahrheit und dem Instinkt zu lieben. War das bei allen Frauen so? Bei Deborah? Bei Beatrice? Sogar bei ihrer eigenen Mutter? Oder war in ihr, Frances, etwas Fremdes, das sie zerriß, in verschiedene Richtungen zog? Vielleicht besaß sie zuviel Männliches, das vorwärtsstrebte und der Frau in ihr, die das Leben umarmen und schützen wollte, entgegenarbeitete.

Aber schließlich war sie eine Frau. Der Instinkt zu lieben war am stärksten. Für eine Frau mußte die Liebe fest gegründet sein, im Leben, in den Kindern, in einem Heim. Die Liebe eines Mannes war anders beschaffen. Also hatte Pym recht, welche Ironie! Nein, nur zum Teil recht. Vielleicht waren die abgedroschenen Redensarten gar nicht bitter, sondern nur der Versuch, eine Wahrheit zu fixieren. Die Liebe war die gleiche, aber sie ging in eine andere Richtung. Für den Mann war sie das Katapult zum Flug in die Arbeit und die schöpferische Betätigung außer Hause. Die Liebe einer Frau war erdwärts gerichtet und mußte wurzeln. Hier stehe ich, sagt die Frau, und schlage Wurzeln und breite meine Äste aus und bringe der Sonne meine Früchte dar.

Frances hatte das Gefühl, der Baum zu sein, der sie alle hielt. Wie konnte sie sie abschütteln, fallen lassen? Eine Scheidung wäre zu schmerzlich, würde alle auseinanderreißen. Stephen und Phyllis, sie und Mark. Nicht nur den anderen würden tiefe Wunden geschlagen, sondern auch ihr; nicht nur das Leben der anderen würde zerrissen, sondern auch das ihre. Die Fülle des Lebens – wie konnte sie ihr zuteil werden, wenn sie sich gewaltsam von ihrer Vergangenheit und ihrer Zukunft trennte? Sie war ein Teil des Zyklus, und sie wollte ihn in seiner Gesamtheit erleben, nicht nur ein verstümmeltes Stück davon, eine romantische Liebe, die sich immer wiederholte. Sie wollte Liebe, Ehe, Kinder und Enkel; alles, was eine Frau vom Leben haben konnte. Den ganzen Zyklus – wie konnte sie ihn außerhalb der Ehe finden?

Auf jeden Fall nicht in einem Liebesverhältnis. Vor einigen Jahren war sie ihrer Sache so sicher gewesen. Ein Verhältnis war die Tür zum Leben. Wie kostbar war ihr das Verhältnis zu Pym – zu kostbar, das war der Fehler. Als habe man nur das Herz einer Blume, Staubfäden und Stempel, den intimsten Teil einer Beziehung – sonst nichts. Keine Blüte, keinen Stengel, keine Blätter, keine Frucht, keine Wurzel in der Erde. Wie konnte ein Verhältnis wachsen, wie eine Ehe wächst? Nur die Ehe schien sich genug Leben anzueignen, genug Boden, damit man darauf gedeihe. Aber auch Ehen konnten welken, wenn sie sich dem Leben verschlossen, auch sie hörten dann zu wachsen auf.

War denn Wachstum das Kriterium für eine Beziehung? Und alles, was dieses Wachstum hinderte, Sünde?

So besehen, erschien alles anders, sogar ihre eigene Ehe. Schließlich, Frances mußte es zugeben, war sie in ihrer Ehe gewachsen, war sie auf dem Weg zum Verstehen ein kleines Stück vorangekommen.

Das Gefühl der Erleichterung, das sie nun plötzlich verspürte, ließ sie den Kopf, Bestätigung heischend, Stephen zuwenden. Aber sein Gesicht war verschlossen. Er hatte sich in sich selber zurückgezogen. Nur die Hülle war noch da, die undurchdringliche Maske, hinter die sie nie blicken konnte. Sie war allein.

Dies war ihre eigentliche Wunde, da saß der Schmerz. Sie hatte ihr Wachsen mit niemandem geteilt. Sie und Stephen hatten, außer ganz im Anfang, das Wachstum nie gegenseitig gefördert. Trotzdem waren sie gewachsen, aber sie hatten sich voneinander entfernt. Es war nicht zur wechselseitigen, geistigen Befruchtung gekommen, das keimende Korn fehlte in ihrer Ehe. Konnte man es vorzeitig ausfindig machen, konnte man seinen Kindern beibringen, vor der Ehe dieses Korn unter allen anderen Körnern zu entdecken? Aber wie konnte man sie warnen, ohne die eigene Ehe preiszugeben?

Und konnte man ihnen in diesem Moment – Frances blickte auf Mark und Sally, die mit andächtig geneigten Köpfen vor dem Pfarrer standen – die Wahrheit über die Ehe sagen? Konnte man eingestehen, daß die eigene Ehe gescheitert war? Das Leben der Kinder, ihr ganzes Wachstum wurzelte in dieser Ehe. Man konnte sie jetzt nicht entwurzeln, ihnen den Boden nicht unter den Füßen wegziehen. Es würde ihre Vergangenheit zerstören, vielleicht sogar ihre Zukunft, den herrlichen wolkenlosen Himmel ihrer Zukunft. Frances ließ den Blick über die gesenkten Köpfe zum Fenster gleiten, zu dem kleinen Stück strahlend blauen Himmels. Nein, sie konnte diesen Himmel nicht mit ihren Ängsten bewölken.

Ewige Liebe – sie glaubten daran, Sally und Mark. Sie gelobten sie sich in diesem Augenblick.

»*... allezeit in vollkommener Liebe und in Frieden bleiben ...*«

Mark war so sicher, Sally so voll Vertrauen. *Allezeit* – wie konnte man da zu ihnen sagen, es sei genug, wenn es zehn Jahre gut gehe? *In vollkommener Liebe und in Frieden* – wie konnte man ihnen sagen, daß nicht das Glück zähle, sondern nur das Wachstum, die wechselseitige Befruchtung?

Als ob sie darauf hörten, als ob sie das in diesem Augenblick begriffen! Die beiden waren in einer anderen Welt. Sie konnte sie nur als Außenstehende betrachten und für sie hoffen. Laß sie wachsen, laß sie einander wachsen helfen. Mark besaß die Fähigkeit dazu. Aber Sally –

Frances suchte das Gesicht der Braut hinter den Schleiernebeln. Das zarte Profil, der glatte glänzende Haarhelm, nicht eine Strähne hatte sich gelöst. Alles war so vollkommen, fast zu vollkommen, zu hübsch. So wohlerzogen. Alles war Sally in die Wiege gelegt worden. Schönheit, Gesundheit, gute Familie, Geld. Und dazu – Frances empfand ein wenig Bitterkeit bei diesem Gedanken – bekam sie jetzt noch Mark.

Weshalb sollte Sally sich Mühe geben zu wachsen? Wachsen war unbequem. Würde sie Mark nicht einfach nur in einer netten, bequemen Ehe halten, die ein Abklatsch der Ehe ihrer Eltern war?

Aber was war daran falsch? Waren die MacNiels nicht glücklich? Da standen sie, gesichert, Seite an Seite. Vermutlich führten sie eine gute Ehe, sie hatten reizende Kinder, ein wunderschönes Heim und ihre geachtete Stellung in der Gesellschaft.

War aber das nicht alles, was man sich wünschte?

Sie wirkten ganz zufrieden, wie sie jetzt so dastanden, wieder nebeneinander, nachdem Johns großer Augenblick bei der Zeremonie, die Übergabe seiner Tochter an den Bräutigam, vorüber war. Erleichtert und zufrieden standen sie da, als nehme nun alles seinen geregelten Lauf. Was war dagegen einzuwenden?

Frances sah plötzlich die Obstspaliere in französischen Gärten vor sich, die an Südwänden gezogen werden, geschützt und früchteschwer, keine vollen runden Bäume, sondern zu einer Dimension abgeflacht, deformiert, damit sie sich der Mauer anpassen, verstümmelt, damit sie reiche Ernte gäben. Nein, das war nicht erstrebenswert, entsprach nicht ihrer Vorstellung von einer guten Ehe.

War eine gute Ehe etwas Unmögliches? Alle Menschen wünschten eine gute Ehe, für sich, für Mark, für Sally, für jedes Brautpaar vor dem Altar. Aber wem war sie beschieden?

Frances betrachtete die emporgewandten Gesichter. So offen waren sie jetzt, der Musik hingegeben, die den Gottesdienst unterbrach. Auch alle anderen schienen, wie sie selbst, in ihren Träumen befangen.

Ihr Blick blieb an Beatrice und Spencer haften. Ja, diese beiden – Frances verweilte mit dem Blick bei ihren alten Freunden – hatten alles: eine gute Ehe, Harmonie und Wachstum, ein letztes gemeinsames Wachstum.

Und trotzdem – war ihre Ehe vollkommen? Auch Beatrice und Spencer, so schien es Frances, betrachteten die Braut und den Bräutigam mit einer gewissen Wehmut. Oder bildete sie sich das ein? Schließlich waren Mark und Sally ja nicht ihre Kinder.

Ihre Kinder? Natürlich nicht, sie hatten keine Kinder. Spencer hatte keins; Beatrice nur eins von einem andern Mann. Auch ihre Ehe war nicht vollkommen – ohne Frucht.

Das war es, was sie sich für Mark wünschte, für Mark und Sally: Früchte und Blüten, Blätter und Wurzeln, den ganzen unversehrten Baum. Den Beatrice und Spencer nicht hatten, John und Deborah nicht, und auch sie nicht – sie und Stephen.

Alles, was man selber vermißt hat, will man seinen Kindern geben. Aber es gelang einem nie, nur manchmal in den äußeren Dingen, mit einem Sommer am Meer, einem Hochschulstudium. Aber das genügte nicht. Man wollte ihnen Mut, Weisheit, Glück geben. War es denn niemals möglich, das Wesentliche zu geben? Wenn schon nicht Glück, dann doch wenigstens einen geschärften Blick, damit sie nicht blindlings stolperten, wie sie es getan hatte.

Ein wenig Einsicht – wenn sie nur früher dazu gelangt wäre! Aber manche Menschen gelangten nie dazu. Oder sehr spät, wie Beatrice und Spencer, durch Erfahrung und Leid.

Würde Mark Fehler und Herzeleid, sogar Verzweiflung in dieser Ehe durchmachen müssen, um das Leben und sich selbst kennenzulernen? Würde sie es ertragen können, ihm zuzusehen, wie er ihre Erfahrungen durchmachte, wie er darauf wartete, das nächste Mal mehr Glück zu haben? Eine zweite Ehe, war das das Beste, was sie für ihn erhoffen konnte? Welch ein Gedanke für eine Mutter am Hochzeitstag ihres Sohnes!

Lernte man denn nie aus, konnte man nichts an seine Kinder weitergeben? War Weisheit nur durch Leid zu erlangen und unter Schmerzen zu tragen wie »die Last über dem Schau-Tal«, die Jesaia sah? Ihr war es so ergangen, aber andere schienen Weisheit mit mehr Anmut zu tragen, ja sogar zu teilen.

Zum Beispiel Deborahs Vater dort drüben. Frances betrachtete nachdenklich den alten Mann, der neben seiner Tochter stand. Sie wußte, daß er gelitten hatte – die ältere Tochter war gestorben, und nun starb seine Frau. Aber er schien von einer heiteren Abgeklärtheit, um die sie ihn beneidete. Das war nicht der Schein-Friede der altmodischen Welt ihrer Mutter, ein kläglicher Friede, den man sich erkaufte, indem man Scheuklappen trug, sich von der Umwelt ausschloß. Was immer Theodore besaß – Weisheit, Abgeklärtheit, Verständnis, sie konnte es nicht genau benennen –, schien sich auf andere zu übertragen. Sogar auf sie.

Vielleicht konnte man manchmal eine Erleuchtung weitergeben. Hier war eine Möglichkeit, ein Lichtspalt. Sie war ihm schon einmal nahe gewesen, hatte ihn gestern nacht beinahe gefunden, war an der Schwelle zum Trost eingeschlafen. Aber sie konnte sich nicht mehr erinnern, was es gewesen war. Und jetzt hatte sie keine Zeit, darüber nachzudenken. Sie mußte sich wieder auf den Gottesdienst konzentrieren. Sie mußte gerüstet sein, Menschen zu begrüßen, zu reden, zu lachen, sich zu verabschieden.

»*... auf daß ihr hier in diesem Leben so zusammen leben mögt, daß ihr dort das ewige Leben habt.*«

Das ewige Leben, eine hohle Phrase. Wer wünschte sich das? Das ewige Licht, vielleicht hatte sie den Pfarrer nur falsch verstanden. Leben oder Licht? Licht oder Leben?

»O Herr, mein Gott, unter dem Schatten deiner Flügel laß uns hoffen...«

Theodore spürte, wie die schwere Last der Jahre von ihm abfiel und von den Flügeln des Gebets des heiligen Augustinus emporgetragen wurde. Er liebte dieses Gebet und hatte Sally dazu bewegen können, daß man es in den Trauungstext einbezog. Seine geliebte Enkelin Sally, die heute heiratete, sie alle verließ. Das war ein letztes Geschenk von ihr, dieses Gebet. Er konnte ihr Gesicht jetzt nicht sehen, der Kopf unter dem Schleier war gesenkt, aber sicherlich dachte sie an ihn. Zwischen Großvater und Enkelin bestand eine unmittelbare Verbindung, an der die Eltern keinen Anteil hatten, Sally war im Grunde nicht wie ihre Mutter, wie Deborah. Sie war viel entschiedener, viel selbstsicherer. Er redete sich gern ein, sie sei wie Suzannah zur Zeit ihrer ersten Begegnung. Sally hatte Schwung. Manchmal erinnerte sie ihn mit ihrer blonden Mähne an ein ungestümes Pony. Sie hatte etwas von einem Rebellen, auch darin ähnelte sie Suzannah. Ein Dickschädel, aber stets bereit, ihre Verbundenheit zu bezeugen, so wie jetzt durch dieses Gebet.

»*... unter dem Schatten deiner Flügel laß uns hoffen ...*«

Prachtvoller Anruf, wie ein großer Vogel im Abflug, von der Hoffnung, vom Glauben an Gott in die Lüfte getragen. Ein gewaltiger Windstoß der Hoffnung – ein gewaltiger Windstoß von einem Gebet.

Nicht jedes Gebet trug einen so rasch vor das Angesicht Gottes. Aber dieses – gar kein Gebet im eigentlichen Sinn, sondern eine Stelle aus den »Bekenntnissen«, war der verzweifelte Aufschrei eines menschlichen Herzens. Mit einem Sprung überbrückte es die Distanz zwischen Mensch und Gott und auch die zwischen Mensch und Mensch.

»*... Du willst uns tragen im Mutterschoß und willst uns tragen, bis daß wir grau werden ...*«

Es umfaßte all die holprigen Etappen seines eigenen langen Lebens und jung und alt hier im Raum. Es umfaßte all seine Freunde und Verwandten, die hier versammelt waren, wie sehr sie sich auch nach der Anzahl der Jahre und der Fülle der Erfahrung unterschieden: Sally und ihren jungen Mann, erwartungsvoll vor dem Altar; Deborah und John in jenen schwierigen Jahren der Lebensmitte; Henrietta und Don, zwischen denen eine so beklagenswerte Kluft sich aufgetan hatte; Harriet in der starren Resignation des Alters, ja sogar die Enkel, diese jungen Schößlinge des Lebens, die kühn und unbewußt zu grünen begannen. Der gewaltige Flügel breitete sich über alle.

»*... denn unsere Kraft ist auch Deine Kraft ...*«

Das Gebet hatte nun seine volle Höhe erreicht und hielt sich auf ausgebreiteten Schwingen in den hellen oberen Regionen.

»*... ist sie unser, so ist sie Schwäche ...*«

Das entsprach seiner Lebensanschauung, das war der Kernsatz seines Glaubens, seine Vorstellung vom Strom des Mitleids, der die Welt nährte. Sobald dieser Strom durch uns hindurchfloß, wurde all unser Tun gefördert, wurde es rein und gut, wurde »Kraft«. Fern vom Strom fehlte unseren Bemühungen die Kraft, war ihre Wirkung gering.

Die mageren Jahre seines Lebens, so wurde ihm rückblickend klar, waren jene, in denen er durch schiere Geschäftigkeit und Ablenkung gezwungen gewesen war, fern vom Strom zu arbeiten – die mageren Jahre seiner Lebensmitte, die Jahre der äußeren Erfolge. Wäre es anders gewesen, wenn er, statt Anwalt und Bankier, Professor geworden wäre wie sein Vater? Sein Vater hatte nie Erfolg gehabt. Vielleicht hatte er deshalb Erfolg haben müssen, vielleicht hatte er deshalb jenen Weg gewählt.

Doch es war nicht der Beruf, der einen von dem Strom fernhielt. Vielleicht brachte das nur ein bestimmter Abschnitt der Lebensmitte mit sich, jene Phase, in der Deborah und John sich nun befanden, bis an den Hals in der Geschäftigkeit des Alltags versunken, zu überlastet, um das Rauschen des Stroms zu hören.

Es war im Grunde nicht ihre Schuld. Er war kein Puritaner in seiner Einstellung zum Leben. Weltliche Güter anzusammeln war an sich nicht sündhaft, die Welt war nicht unbedingt schlecht. Aber diese Dinge nahmen einen zu sehr in Anspruch, als daß man den Strom hätte finden können. Man konnte sein Rauschen nicht hören, man hatte einfach keine Zeit. In diesem Sinne traf das Bibelwort zu, das ihm soviel Kopfschmerzen bereitet hatte: »Es ist leichter, daß ein Kamel durch ein Nadelöhr gehe, denn daß ein Reicher in das Reich Gottes komme.«

Waren sie eine notwendige Entwicklungsstufe, diese Kampfjahre der Lebensmitte? Man mußte sich seinen Weg bahnen wie jedes gesunde Wesen, angriffslustig und ehrgeizig, mußte die eigene Kraft und ihre Grenzen kennenlernen. In der Jugend war man gegängelt worden, jetzt mußte man Selbstvertrauen und Selbstsicherheit gewinnen, die Parolen der modernen Zivilisation, ihr Bildungs- und Gedankengut erlernen. Die Psychologie predigte stets Selbstvertrauen. Selbstvertrauen war gut und schön. Theodore bemühte sich um Toleranz. Aber seiner Meinung nach genügte das allein nicht.

Das war der wunde Punkt bei der Psychologie. Und auch bei Don, seinem braven Schwiegersohn dort drüben. Er unterhielt sich immer gern mit Don über die gemeinsamen Grundlagen von Psychologie und Religion: daß Sein wichtiger sei als Tun, das In-sich-Hineinhorchen wichtiger als das Nach-außen-Wirken; daß es in erster Linie auf die menschlichen Werte ankomme. Alles schön und gut. Nicht gerade sehr originell – diese superklugen jungen Männer taten immer, als hätten sie das Innenleben erfunden –, aber gut und richtig.

Die Kenntnis des eigenen Ich war ein brauchbarer Führer zu einem ausgeglichenen Leben, welchen Weg man auch einschlug. »Erkenne dich selbst«: die Orientalen, die Griechen, die Juden hatten das in der einen oder anderen Form auch gepredigt. Das war nicht die Erfindung der Psychologie; aber schließlich mußte die Wahrheit in neuem Gewand, unter neuen Namen wiederkehren. Er mißgönnte den Psychologen weder die Namen noch den Ruhm. Obgleich er manchmal wünschte, sie wären ein klein wenig bescheidener. Auch ein wenig mehr Humor könnte nicht schaden. Aber schließlich hatten neue Sekten sich noch nie durch Humor ausgezeichnet und ganz gewiß nicht ihre Jünger. Das galt sogar für die Jünger Christi.

Der Humor kam erst mit der Zeit. Er reifte mit dem Alter, und diese Leute waren so jung und so ernsthaft. Er stritt nicht mit ihnen. Er sah eine neue Generation heranwachsen, die sich ihrer Motive und Wünsche viel bewußter war, die gegen sich und andere viel aufrichtiger war, die gewissenhaft ihren eigenen Lebensgesetzen zu folgen versuchte, um eine neue Integrität zu erlangen, wie Don das nannte. Ein gutes Ziel – dagegen konnte er nichts einwenden –, aber noch war es weit bis dahin. Ihm schien da noch eine Menge zu fehlen.

Was diese Generation, diese armen Kinder anstrebten, war eine höchst schwierige Lebenstechnik, die dazu verhelfen sollte, jeden Augenblick völlig bewußt zu erleben. Ihn erinnerte sie an die Technik der Drahtseilartisten unter der Zirkuskuppel. Da gab es kein Geländer, an dem man Halt suchen konnte. Die konventionellen Regeln hatte man aufgegeben. Jeder Schritt mußte zum Balanceakt werden. Eine falsche Bewegung, und man stürzte in das Sägemehl der Manege. Nicht einmal ein Netz, das den Sturz auffing.

Die Religion hatte immer das Sicherheitsnetz der göttlichen Liebe – wenn auch das Balancieren auf dem Drahtseil dadurch nicht leichter wurde. »Seid daher vollkommen«, war ein genauso messerscharfer Grat, der genauso schwierig zu begehen war wie das neue Drahtseil der Kenntnis des eigenen Ich. Aber es gab stets das Netz der göttlichen Liebe, das einen rettete.

Was bot die Psychologie statt dessen? Selbstachtung? Eigenliebe? Menschenliebe? Das war es, was Don immer anführte.

Aber kam wahres Mitgefühl, die einzige Form der Liebe, die half, der göttlichen Liebe nicht sehr nah? War es nicht gar das gleiche? Am Ende führte es geradenwegs zurück zu Gott.

». . . *Wiederkehren wollen wir nun, o Herr* . . .«

Die Menschheit kehrte immer wieder zurück, um das gleiche unter anderen Namen zu finden; auf die Richtung kam es an.

». . . *auf daß unsere Seele sich erhebe zu Dir* . . .«

Ob bewußt oder unbewußt, die Richtung blieb.

». . . *gestützt von Deiner Schöpfung* . . .«

Ah, das war der richtungweisende Satz, der das Geheimnis menschlichen Lebens enthielt. *Gestützt von Deiner Schöpfung, und sich hinaufringe zu Dir, der Du solches wundervoll schufst.* Die Brücke zu schlagen zwischen dem Menschlichen und dem Göttlichen, das war unsere Aufgabe in diesem Dasein. Menschliche Liebe wurde zu einer Brücke, die zu Gott führte. Jede menschliche Liebe führte zu Gott, sonst war sie unfruchtbar.

Aber man mußte mit menschlicher Liebe beginnen, dort, wo Mark und Sally jetzt standen, »gestützt von Deiner Schöpfung«. Vom Körperlichen zum Geistigen: das war die Ehe, der vorgezeichnete Weg jeder Ehe, seiner eigenen und jeder guten Ehe. »Er sollte damit beginnen, irdische Dinge zu lieben« – Plato hatte recht – »von schönen Formen zu schönem Benehmen.« Doch man sollte die schöne Form nie aus dem Auge verlieren. Dessen war er gewiß. Solange wir auf Erden sind, bleiben wir menschliche Kreaturen. »Kreatürlichkeit« war ein Segen; er war dankbar dafür – für alle kreatürliche Schönheit, der er begegnet war.

Wie schön war Suzannah gewesen, als er ihr beim Eislauf in Williamstown zum erstenmal begegnet war! Sie trug einen bunten Faltenrock, der bis zum Boden reichte. Es war ihm immer unbegreiflich, wie man in solchen Kleidern überhaupt Schlittschuh laufen konnte – so anders als Sallys Skihosen. Dennoch hatte Suzannah recht verwegen ausgesehen, den Tam-o'Shanter schief auf dem Kopf. An jenem Abend hatte sie geradezu gefunkelt. Ein Feuer schien in ihr zu brennen, und es war auf ihn übergesprungen. Es hatte ihr ganzes Leben in ihr gebrannt, und nun brannte es in Sally.

Wie täppisch war er sich neben diesem lebhaften Wesen vorgekommen! Ihm schien sie unerreichbar, ihm, dem armen Professorensohn, dem schwerfälligen Pennsylvania-Deutschen. Wie sollte er sie jemals gewinnen? Aber er setzte sie sich zum Ziel wie sein Collegediplom, wie später seine Karriere. Er war entschlossen, sie zu gewinnen, und er gewann sie. Jawohl! Als sie endlich einwilligte, war seine Mühe reichlich belohnt.

Oh, er hatte alles bekommen, das wurde ihm nun klar. Er bedauerte nichts. Nicht einmal jenen Zwischenfall auf der Hochzeitsreise, als er ihr bräutliches Nachthemd ergriff und im Ofen verbrannte, in einer Blockhütte in den Wäldern von Maine. Wie hatte er seine Suzannah erschreckt! Er schämte sich noch immer ein bißchen darüber. Seine Heftigkeit hatte sie erschreckt, vielleicht auch seine Leidenschaft – in erster Linie aber seine verschwenderische Geste. Die Puritanerin in ihr fühlte sich durch diese romantische Geste zutiefst getroffen – das herrliche Batistnachthemd, das Tante Matilda genäht hatte! Die kostbare Handarbeit, so zierlich mit den breiten Manschetten! Auch in Europa hätte man nichts Eleganteres finden können.

Außerdem stank es aus dem Ofen beizend nach verbranntem Stoff. Suzannah lachte, obwohl ihr sein Benehmen so sehr mißfallen hatte, und nannte es die Strafe für seine Schlechtigkeit. Es sei nicht Schlechtigkeit, hatte er erwidert, sondern nur Leidenschaft, die ihre Schönheit entfacht habe. Und außerdem sei es ein köstlicher Geruch – der Geruch von brennendem Stoff. Wie hatten sie beide gelacht! Herrliches Lachen, die Freude der abermaligen Vereinigung nach einer ersten Trennung. »Der köstliche Geruch von brennendem Stoff« wurde für sie beide eine oft wiederkehrende, scherzhafte Redewendung.

Ein Scherzwort, das nun nur noch ihm etwas sagte. Welch eine Trivialität, der er da nachtrauerte! Aber man trauerte nun einmal den kleinen Dingen nach. Mit den großen fand man sich zurecht. Sie waren noch intakt, in gewisser Weise teilte man sie sogar noch mit anderen, nur die kleinen Dinge verflüchtigten sich. Es half alles nichts, er trauerte dem Verlust der kleinen Dinge nach; sie machten das Leben schön. Auch sie waren heilig, waren ein Teil des Wunders von dem Wort, das Fleisch wurde.

Die Ehe war für ihn das zu Fleisch gewordene Wort. Sie war der Ausdruck des Göttlichen in der Kreatur, eine Manifestation des Geistes im Fleisch, ein greifbares Symbol der großen Wahrheit, die zu erlernen und zu leben wir hier auf Erden waren: Gefäß zu sein für dieses Wort. Denn Theodore hatte von jeher geglaubt, daß das fleischgewordene Wort nicht nur das Erscheinen Christi auf Erden sei, sondern die Erschaffung der Erde selbst, jedes irdische Geschöpf und jede irdische Schöpfung: jedes Kind und jedes Kunstwerk. Selbst Albert hatte teil an dem Wort, das zu Fleisch geworden ist, so wenig er es wußte und wie gleichgültig es ihm auch war.

Aber ein Kind war der reinste Ausdruck. Ohne Kind konnte eine Ehe kaum ihren Ausdruck finden. Liebe mußte sichtbar gemacht werden. Die fleischliche Sünde, so schien es ihm mitunter, obgleich er dies den Jungen gegenüber schwerlich äußern konnte – die fleischliche Sünde bestand nicht darin, daß die Liebe zu weit ging, sondern daß sie nicht weit genug ging.

Wenn man einen Mann wirklich liebte, das hatte er von Suzannah gelernt, dann wollte man ein Kind von ihm. Wenn man eine Frau wirklich liebte, dann wollte man ein Kind von ihr. Die Liebe fand erst dann ihren vollkommenen Sinn und ihren vollkommenen Ausdruck, wenn man sein Erstgeborenes erblickte.

Nie würde er den Augenblick vergessen, als er Agnes zum erstenmal sah. Oder vielmehr den Augenblick, als sie beide sie zum erstenmal gemeinsam sahen; sein erster Blick war zu zerstreut gewesen. Er dachte nur an Suzannah und bemerkte kaum den Säugling, das Bündel, das die Schwester aus dem Zimmer seiner Frau trug. Das verschrumpelte kleine Ding mit dem mißgeformten Kopf – hatte Suzannah dafür leiden müssen? Stundenlang war er vor der verschlossenen Tür ihres Schlafzimmers auf- und abgegangen und hatte ihr seltsames Stöhnen gehört. Es klang so unmenschlich, wie die Laute eines verwundeten Tiers. War Suzannah grauenhaft verändert – so wie der vertraute Raum, der jetzt fremd und nach Desinfektionsmitteln roch? Wenn sie nur schreien würde, dachte er, das wäre menschlicher, natürlicher. Sie war immer so tapfer, so beherrscht.

Endlich hatte er das Zimmer betreten dürfen. Wie sperrte man die Väter doch damals von diesem weiblichen Ritus aus! Wie unwichtig, ja, wie schuldig mußten sie sich vorkommen! Suzannah, das Haar ungewohnt glatt gebürstet, lag in einem Bett, das ihm merkwürdig fremd erschien und ihn an ein Krankenhaus erinnerte. Ziemlich matt, aber heiter, lächelte sie ihn an. Das Baby, nun nicht mehr so rot und schlummernd, lag in dem Waschkorb, den Suzannah vorbereitet hatte. Suzannah war sofort wieder wie eh und je und schien nur für die praktischen Dinge Sinn zu haben. »Siehst du, sie paßt genau in den Korb. Ist sie nicht süß?«

Er brachte kein Wort heraus, Suzannah redete unaufhörlich. »Die Schwester meint, der Kopf würde in einigen Wochen nicht mehr so schief sein.« Sie steckte voller Pläne. »Jetzt müssen wir uns aber wirklich darüber klarwerden, wie sie heißen soll.«

Aber er, er fand nicht so rasch wieder in den Alltag zurück. Er konnte jetzt nur Suzannahs Hand halten und dieses neue, knospenhaft verschlossene Leben betrachten, ihrer beider Kind; seltsam verkleinert kehrten Suzannahs Stupsnase und der Mund seiner Mutter an diesem winzigen Geschöpf wieder, das sie überleben und in die Zukunft hinausschreiten würde, dieses lebendige Zeugnis ihrer Liebe.

Wie konnten sie wissen, daß Agnes sie nicht überleben würde? Sie wurde nur fünfundzwanzig Jahre alt und starb dann als blühende junge Frau – das war die Tragödie in seinem und Suzannahs Leben. Bei der Geburt der anderen Kinder hatte er nicht mehr das gleiche empfunden. Als er Deborah und Henrietta zum erstenmal sah, hatte er nicht daran gedacht, daß sie ihn überleben würden; er nahm es für selbstverständlich.

Natürlich liebte er die beiden anderen, aber Agnes war etwas Unfaßbares – ihr kostbares Erstgeborenes, ein kostbares Kind, eine kostbare Frau. Suzannah war über diesen Verlust nie hinweggekommen. Wenn er ihr das nur hätte ersparen können! Sie hatte sich nie damit abgefunden, hatte Gott nie verziehen, daß er ihr Agnes genommen, dieses vielversprechende Leben geknickt hatte. Sie konnte diesen Verlust nicht in ihr Leben einordnen. Er blieb stets ein Stachel, eine unbewältigte Last, die sie Tag für Tag und Jahr um Jahr wie ein Opfer tragen mußte. Suzannah war bis zum Schluß eine Rebellin.

Dieses Leid, erkannte Theodore, war eins der wenigen Dinge, die sie in ihrem Leben nicht gemeinsam trugen. Dieses eine Mal konnte er Suzannah nicht helfen, blieb sie ihm unzugänglich. Ein Teil ihres Wesens war gestorben. Hätte sie geweint und geklagt, hätte er sie trösten können, und der Boden hätte wieder Blüten getragen. Aber so war er abgezäuntes Brachland, zu dem niemand Zutritt hatte, auf dem nie wieder etwas wachsen würde.

Damals hatte er gelernt, daß man im Leid immer allein ist, auch wenn man mit einem anderen am selben Leid zu tragen hat. Leid läßt sich nicht teilen. Jeder trägt seine Bürde allein, auf seine Weise.

Auch er hatte getrauert, auf andere Art, aber er hatte sich allmählich in den Verlust geschickt, ihn irgendwie in sein eigenes Sein eingeordnet. Er war schließlich imstande gewesen, das Fleisch wieder zu Geist werden zu lassen.

Auch das mußte man lernen, entdeckte Theodore. Das Fleisch mußte Wort werden. Der heilige Augustinus wußte es; auch er hatte sein Erstgeborenes verloren, seinen einzigen Sohn. Er hatte erfahren, was Verlieren heißt, und schickte sich darein auf die einzig mögliche Art. Sonst hätte er jenes Gebet nie geschrieben: *Denn nur der, dem alle lieb sind in Ihm, den man nie verlieren kann, verliert keinen, der ihm lieb ist.* Das war sie, die Lehre vom Fleisch, das Wort wird, von der Heiligung menschlichen Tuns.

Alles menschliche Tun, das empfand Theodore jetzt, sollte Gott geweiht werden. Nicht unter Qualen, wie er es getan hätte, sondern selbstverständlich und freudig. Man sollte es sich zur Lebensregel machen, wie die Mönche und Nonnen, die jedes bedachte und unbedachte Tun des Tages Gott weihen. Selbst in den primitiveren alten Kulturen ließen sich Spuren einer solchen Haltung feststellen, etwa in jenen glücklichen Gebeten, die nicht nur dem Essen und Trinken, sondern auch der Feldarbeit und dem Feuermachen galten. Dieses Gefühl für die Weihe, wohin war es entschwunden? In der Trauung, und fast nur noch dort, hatte es sich bewahrt – in ihrem Vollzug, ihrem Ritus, ihrem Wortlaut. Der Ehestand war Gott geweiht:

»... *O Gott, Du hast den Ehestand so geheiligt, daß in ihm die geistliche Ehe dargestellt ist ... Blicke barmherzig auf diese Deine Diener ...*«

Blicke barmherzig auf sie herab, auf diese Kinder – auf all meine Kinder hier in diesem Raum –, auch wenn sie nicht begreifen. Wie konnte er von seinen Kindern erwarten, daß sie diese geheiligte Handlung begriffen, wenn er sie erst am Ende seines Lebens begriffen hatte?

Im Grunde war es der Tod, Suzannahs Sterben, der ihn das Aufopfern gelehrt hatte. Alles, was er während ihres langen Siechtums für sie getan hatte, in dieser Phase des unbewußten Abschiednehmens vom Leben, war von Liebe verklärt. Das Waschen, das Heben, das Glätten, das Betten, das Füttern – die bescheidensten Kleinigkeiten wurden schön.

Schön? War »schön« das richtige Wort dafür? »Bedeutungsvoll« vielleicht eher. Alles erhielt Bedeutung und Sinn durch die Liebe. Er verstand jetzt den unfaßbaren Satz: *Alles, was ist, ist heilig.* Und er verstand den Bruder Laurentius, der Gott die niedrigste Arbeit im Kloster weihte, das Waschen von Töpfen und Tiegeln.

Frauen, Ärzte und Krankenpfleger übten in ihrer täglichen Arbeit die Aufopferung. Frauen lernten es ganz von selbst durch ihre Säuglinge. Suzannah hatte es durch Agnes gelernt, hatte es mit ihren Händen, ihrem Körper ausgedrückt, nie mit Worten. Nun wurde ihm rückblickend klar, daß sie das, was er durch sein hingebungsvolles Umsorgen ihrer Person erst spät gelernt, schon lange aus dem Gefühl heraus gewußt und gelebt hatte.

Daraus erklärte sich auch Suzannahs stille Heiterkeit während der neun Monate, in denen sie ein Kind erwartete. Alles war für das Kind: die Sonne, die auf ihre Hand fiel, das Essen, das sie zu sich nahm, der Schlaf, den sie schlief. Das alltägliche Leben war bedeutungsvoll und schön, weil es sich dem Kind mitteilte, das sie unterm Herzen trug. Und diese große Freude an allem und jedem im Haushalt, solange die Kinder noch klein waren! Wie hatte er über sie gelacht, wenn sie mit einer schmutzigen Windel die Treppe herunterkam und rief: »Ein prachtvoller Stuhl!« Und das ganze tägliche Ritual von der morgendlichen Waschung über das Orangensafttrinken bis zum Glas Wasser beim Ins-Bett-gehen! Heute begriff er Suzannah. Wie immer war sie ihm voraus gewesen. Er war ihr zögernd gefolgt und hatte sie dann endlich eingeholt.

Aber jetzt waren sie beide am selben Punkt angelangt. Sie waren in ihrer Liebe und in ihrer Auffassung von der Liebe vereint. Dieser Glaube hielt ihn aufrecht. Die Kinder verstanden nicht, wie er Suzannahs tödliche Krankheit ertragen konnte. Sie konnten das Wesen ihrer Liebe nicht verstehen – ihrer großen Liebe, die ihr ständiger Begleiter gewesen war, die sie noch immer umfangen hielt. Eine solche Liebe läßt einen etwas von der Ewigkeit erahnen. Die Kinder verschwendeten ihr Mitleid an ihn. Er hatte alles bekommen, was das Leben zu bieten hatte. Die Wirklichkeit war so großartig, daß ihm nicht einmal jetzt das Gefühl kam, ihm sei etwas zerstört worden.

Jetzt? fragte er sich. Nun, jetzt, am Ende seines Lebens, tat sich eine neue Dimension auf: die Liebe, die sich im Dienen ausdrückt, die keine Worte braucht und doch alles durchdringt, die sein tägliches Leben verändert. Und diese Erfahrung, stellte er mit Erstaunen fest, war von all seinen Erfahrungen die beste.

Wie seltsam das war, und wie ungläubig sie ihn anstarren würden, seine Nächsten und Liebsten hier im Raum, wenn er ihnen das erzählte. Wenn er auf einer Hochzeit, wo man der Liebe die höchste Achtung bezeigte, erklären würde, ihm sei das reichste Liebeserlebnis am Ende seines Lebens zuteil geworden. Es war wie beim Wunder von Kanaan, dem ersten Wunder Jesu – und dazu noch bei einer Hochzeit – als der Speisemeister sagte: »Du hast den guten Wein bis zuletzt aufgehoben.« Für Theodore traf das zu.

Sie würden ihm nicht glauben, Theodore wußte es, als er die vielen friedlichen, ahnungslosen Gesichter im Raum betrachtete. Sie würden nicht auf ihn hören, sie waren ihm und seinen Gedanken so fern wie Kinder im ersten Schlaf, die ihre eigenen seligen Träume träumen. Vielleicht aber war er in einem Traum befangen, und sie waren zur Wirklichkeit erwacht. Er hätte um nichts in der Welt sagen können, welche die Traumwelt und welche die wirkliche Welt war, nur daß zwischen beiden keine Verbindung bestand. Seine Kinder konnten ihn nicht verstehen.

Vielleicht würden sie es eines Tages tun, versuchte er sich einzureden. Nein, sie konnten es nicht begreifen, denn ihnen fehlte das Erlebnis einer großen Liebe, einer wahrhaft glücklichen Ehe. Es bekümmerte ihn, aber er mußte es sich eingestehen; Suzannah gegenüber hatte er es nie erwähnt. Er glaubte nicht, daß es Einbildung war oder daß der Generationsunterschied ihm den Blick trübte. Weder Deborah noch Henrietta waren glücklich, wie er und Suzannah glücklich gewesen waren.

Was war mit ihnen geschehen? Sie hatten prächtige aufrechte Männer geheiratet. Er mochte seine beiden Schwiegersöhne. Es schien an den Frauen selber zu liegen. Etwas Wesentliches fehlte. Hatten Suzannah und er ihnen nicht eine beispielhafte Ehe vorgelebt? Ihr großes, allumfassendes Glück – hatte es die Kinder ausgeschlossen? Wo hatten sie versagt?

Deborah war vermutlich kein schwieriger Fall. Er warf einen Blick auf die Tochter, die neben ihm stand und unruhig von einem Fuß auf den anderen trat, müde vom langen Stehen und den Aufregungen des Tages. Wie immer machte sich auf ihrem Gesicht eine gewisse Sehnsucht bemerkbar, als warte sie auf etwas, – ob sie es wohl jemals fände?

Und Henrietta? Theodore sah für einen Augenblick ihr gekränktes Kindergesicht, das von Don abgewandt war. Aber war ihre Ehe daran schuld? Ihm war, als habe sie seit jeher diesen Ausdruck gehabt, als sei ihr etwas genommen worden, oder als wolle man ihr etwas nehmen. Was hatte man ihr genommen? Sie hatte alles, genau wie die anderen. Natürlich, sie war das dritte Mädchen, und Suzannah und er hatten sich einen Sohn gewünscht; aber das war nach den ersten Tagen vergessen. Henrietta hatten sie das Kind genannt, nach Suzannahs Vater Henry ihr den Namen gegeben, den sie für den Jungen gewählt hätten.

Aber sie war nie ein sehr glückliches Kind gewesen, und sie war auch jetzt nicht glücklich. Er war froh, daß Suzannah es nicht bemerkt hatte oder nicht hatte bemerken wollen. Nein, keine seiner Töchter hatte das vollkommene Glück gefunden.

Aber das Glück fand man nicht so ohne weiteres, weder in der Ehe, noch anderswo. Das hatte er gelernt. Man sollte es weder suchen noch erwarten. Seiner Erfahrung nach war die Ehe nicht in erster Linie eine Sache des Glücklichseins. Sie war zu sehr auf etwas anderes gerichtet – wahrscheinlich auf die Liebe, aber nicht auf die Liebe, die die jungen Leute von heute besangen. *Ti voglio bene* – die italienische Redewendung kam dem Sinn näher: *Ich will dir wohl.* Wenn man das Wohl anderen wünschte, stellte sich auch das übrige ein. Auch das Glück.

Wiewohl das Wort Glück nur eine sehr unvollständige Bezeichnung war für das, was Suzannah und er besaßen, das allmählich zunehmende gemeinsame Wachsen in Freud und Leid, in Mühsal und Vergnügen, in seltsamen mageren Jahren und überraschendem Wiedererblühen zu der unauflöslichen Gemeinschaft, die er nun erreicht hatte.

Aber wenn man es sich recht überlegte – Theodore unterbrach den Gedankengang, um sich umzublicken –, war niemand in diesem Raum alt genug, um eine derartige Erfahrung gewonnen zu haben. Keiner außer ihm konnte diese Art der Kameradschaft bezeugen, die aus langen Jahren der Gemeinsamkeit erwuchs, die eine wortlose Verständigung zuließ und schließlich an dem Punkt, den er erreicht hatte, sogar die Sprache überflüssig machte. Wie konnte die Jugend das begreifen?

Seine beiden Töchter – Theodore merkte, wie seine Gedanken den steinigen Engpaß seiner vom Glück weniger begünstigten Kinder verließen und bequemere Seitenwege suchten – sie beide waren nicht anders als die meisten jungen Ehefrauen und viel glücklicher als manche von ihnen. Deborah und John paßten recht gut zusammen und hatten eine prächtige Familie. Und Henrietta hatte schließlich diese bildschönen Kinder.

Aber war das eheliches Glück? Nun stand er wieder vor dem steinigen Engpaß. Wie man es auch nennen mochte, es war nicht das gleiche, das er und Suzannah besaßen.

»*. . . daß ihr Haus ein Hort des Segens und des Friedens werde . . .*«

Ja, Segen und Frieden hatten er und Suzannah in ihrem Heim. Diese schöne Formel im Trauungsgottesdienst – war sie ein veralteter Traum? Machte der Zustand der heutigen Welt das unmöglich? Vielleicht war es lächerlich, irgendwo – und sei es in der Intimität der eigenen Häuslichkeit – Frieden zu erwarten, wenn Krieg und totale Vernichtung einen ständig bedrohten. Zwangsläufig spiegelte jedes Heim die Weltkonflikte wider.

Zu seiner Zeit war das anders gewesen. So behauptete man immer wieder, und vielleicht hatte man recht. Vielleicht war er aber auch nur ein alter Trottel, der in der Vergangenheit lebte. Friedlich war sie gewesen, seine Jugend. Aber wie war es seinem Vater und seiner Mutter oder seinen Großeltern ergangen? Hatte der Bürgerkrieg nicht auch Familien auseinandergerissen? War der einzelne im Hundertjährigen Krieg vielleicht sicher oder glücklicher gewesen? Eine Antwort darauf gab es wohl nicht, das war alles zu persönlich. Selbst zu seiner Zeit hatte man nicht gern über seine Gefühle gesprochen. Eine Ehe wie die seine und Suzannahs – wie vielen wurde sie zuteil? Wie viele solcher Ehen kannte er, damals oder heute?

Unwillkürlich warf er einen Blick über die Schulter auf Beatrice und Spencer.

Ja, sie hatten dieses Glück gefunden, das spürte er plötzlich. Er konnte nicht sagen, weshalb er es so genau wußte oder was ihn davon überzeugte. Er kannte dieses Paar kaum. Vor das flüchtige Bild dieser beiden schob sich sofort das Bild von Suzannah und ihm, wie sie einst gewesen, und dann das von Sally und Mark, wie sie einst sein würden.

Theodore reckte sich und blickte angestrengt geradeaus auf das heutige Brautpaar, um endlich wieder klar zu sehen und sich nicht länger den Blick durch seine Träumereien trüben zu lassen.

Das war das Schlimme im Alter: Man sah die Dinge niemals so, wie sie wirklich waren. Er sah zuviel. Und dennoch, Beatrice und Spencer, Suzannah und er: hier war die glückliche Ehe Wirklichkeit geworden. Es gab sie, wenn auch nicht für Deborah und Henrietta.

Agnes hätte sie vielleicht gefunden, wäre sie nicht gestorben (mit diesem Gedanken tröstete er sich). Agnes war an der Seite von Ralph, diesem prächtigen Burschen, ein so verheißungsvoller Beginn beschieden gewesen. Nach ihrem Tod kehrte der arme Junge wieder in seine Heimatstadt zurück. Nur ein Jahr waren sie verheiratet gewesen – und keine Kinder. Ohne Kinder war eine Ehe seiner Ansicht nach niemals vollständig, nie ganz bekräftigt, war sie etwas anderes, eine Liebesbeziehung, eine Liaison, kostbar und schön und manchmal auch innig, aber keine eigentliche Ehe. Nein, sie war zu jung gestorben.

Hätte sie, wenn sie am Leben geblieben wäre, nicht das vollkommene Glück der Ehe kennengelernt? Ein Heim, das *ein Hort des Segens und des Friedens* gewesen wäre?

Doch noch während Theodore diese Frage stellte, wußte er schon, daß er sie nicht beantworten konnte. Er konnte es ebensowenig, wie er die Zukunft der beiden vor dem Traualtar voraussehen konnte. Es blieb ein Geheimnis. Er wußte nur, daß es das eheliche Glück gab. Er hatte es erlebt.

Aber auch jene, die es nicht besaßen, die es nur am Rande erlebten, mußten vom ehelichen Glück wissen, wenn es für sie auch nur ein Wunschtraum war. Deborah und John, Henrietta und Don, Albert, Harriet: sie glaubten an die glückliche Ehe, ob sie glücklich waren oder nicht. Da wollte er wetten. Weshalb kamen die Leute denn sonst zu Hochzeiten? Weshalb rührte das Brautpaar sie? Weshalb wurden sie während der Feier plötzlich wieder zu gläubigen Kindern?

Theodore trat einen kleinen Schritt zur Seite. Der steinige Engpaß verschwand, und er verspürte wieder ebenen Boden unter den Füßen. Hochzeiten, dachte er, waren Ausdruck der ewigen Hoffnung der Menschen. Selbst für Ungläubige und Zyniker hatten Hochzeiten eine besondere Bedeutung, die er, für seine Person, nur religiös nennen konnte. Denn eine Hochzeit war nicht nur ein Versprechen und ein Gelöbnis, das man vor Gott und den Menschen ablegte; sie war eine Erhöhung des menschlichen Daseins, weil diesem etwas Größeres hinzugefügt wurde, etwas Ungewisses, Ungreifbares, Unbeweisbares. Eine Bestätigung des menschlichen Glaubens an etwas Geistiges – Liebe.

»*Es segne, behüte und erhalte euch Gott der Vater, Gott der Sohn und Gott der Heilige Geist. Der Herr schaue in seiner Güte barmherzig auf euch und erfülle euch mit allem geistlichen Segen und mit Gnade; auf daß ihr hier in diesem Leben so zusammenleben möget, daß ihr dort das ewige Leben habt. Amen.*«

Das Brautpaar

Dann war es vorbei. Die ersten Akkorde von Mendelssohns Hochzeitsmarsch erklangen wie ein Tusch. Tanzt, tanzt, riefen die Töne aus der Ecke, wo die Musiker saßen. Die Hähne verkündeten den Tag, und die Glocken läuteten Auferstehung. Sie setzten dem Schweigen, der Stille, den bohrenden Gedanken ein Ende. Der lange, süß verhaltene Satz der Zeremonie mündete in ein vielstimmiges Finale.

Das Paar am Fenster hob den Blick und lächelte einander beinahe ungläubig an. Wie aus einem Traum erwacht, entdeckten Braut und Bräutigam im anderen den Vertrauten. Wie schrecklich fremd waren sie einander zu Beginn der Feier vorgekommen!

Wir, die wir Fremde waren, sind nun Mann und Frau, einander seit unvordenklichen Zeiten zugetan, zugetan bis zum Ende der Welt. Wir, die wir von Schlaf umfangen waren, sind nun zu einer neuen Welt erwacht. Wir, die wir verängstigt waren, sind nun stark und voll Zuversicht. Wir, die wir gegängelt wurden, sind nun frei, wir selber zu sein – zum erstenmal. Wir, die wir Kinder waren, sind nun Erben eines neuen Standes – komm!

Arm in Arm wandten sie sich um und kamen auf die Versammlung zu. Leichtfüßig, fröhlich kehrten sie zurück, im wiegenden Rhythmus der Musik. Wie anders war das als das bleierne Schreiten durch das Spalier, dem feierlichen Augenblick entgegen, der verrinnenden Zeit, dem Tod und der Ewigkeit entgegen. Nun tänzelten sie zurück ins Leben, in das Leben dieses Augenblicks, das überschäumende Leben, das Leben, das sie mit ausgebreiteten Armen erwartete.

Es war nun ausgestanden für die Mütter und Väter. Ein wenig mitgenommen standen sie da, John und Deborah, Frances und Stephen, und sahen zu, wie ihre Kinder sich umwandten und zurückkamen. Auf dem Weg zum Altar, dem strengen Reglement der Zeremonie unterworfen, hatten sie würdevoller gewirkt. Nun plötzlich, des Kothurns beraubt, wirkten sie kleiner als vorher, wieder ihrem verletzlichen menschlichen Maß überlassen, fühlten sie sich älter und müde, über die Schwelle gestoßen, zurückgelassen.

Auch für die Hochzeitsgäste war es ausgestanden. Ein Rascheln nachlassender Spannung lief durch den Raum. Endlich war es vorbei. Welche Erleichterung! Köpfe drehten sich, Gesichter hoben sich, Füße scharrten, Körper beugten sich vor, Blicke begegneten sich, erkennend, grüßend. Man lächelte und nickte einander zu. Nun waren sie nicht mehr einzelne Wesen, die ihr Leben in einsamem Grübeln vor dem inneren Auge vorüberziehen ließen, sondern Freunde, Verwandte, die eine Familientrauung vereinte.

Wir Hochzeitsgäste, die wir allein waren, isoliert in unseren Gefängniszellen, sind nun wieder vereint, Teil der menschlichen Gemeinschaft. Wir, die wir in die dunkle Vergangenheit hinabgestiegen waren, sind von den Toten auferstanden. Wir, die wir körperlose Geister am Tag des Jüngsten Gerichts waren, sind jetzt wiedergeboren, sind wieder Fleisch und Blut und dürfen es noch einmal versuchen.

Das Leben war nicht länger mehr ein großer Augenblick, ein Gipfelpunkt der Zeit. Man kann nicht auf dem Gipfel verharren. Man sieht zuviel, man wird schwindelig. Steige hinab; spring auf den Pfad zu deinen Füßen, nur auf den nächsten Schritt bedacht, auf den nächsten Augenblick, dem viele alltägliche Augenblicke folgen. Welche Erleichterung, nach dem Taschentuch zu suchen, den Hut zurechtzurücken, sich die Stirn abzutupfen, mit dem Finger den Kragen zu dehnen. Alltägliche Augenblicke waren leichter zu ertragen, kleine Zeitlücken, die man mit den tröstlichen Winzigkeiten des Lebens ausfüllen konnte. Man puderte die Nase, ergriff eine Teetasse, aß ein belegtes Brot. Das Leben hat aufgehört, das Sterben einzuläuten, es ist wieder nur der Pendelschlag der alltäglichen Augenblicke.

Die Musik verstummte und hinterließ eine Stille, die noch der alte Rhythmus durchpulste, die noch nicht der neue Lärm menschlicher Stimmen übertönte. In der kurzen Pause standen Braut und Bräutigam regungslos Aug in Aug mit der Versammlung, zögernd auf der Insel ihrer Unantastbarkeit. Dann mischten sie sich unter die erwartungsvolle Menge.

Es ist das Leben, zu dem wir erwacht sind, strahlte es aus den Gesichtern des Brautpaares – *Leben, Liebe und Glück*. Herausfordernd und triumphierend strahlte es. Die Reihen der Gäste schwankten und wandten sich dann geschlossen dem jungen Paar zu, wie der Sonne oder einer geöffneten Tür.

Es ist das Leben, zu dem wir erwacht sind, stand auf den Gesichtern der Gäste geschrieben, ein blasser Abglanz des Leuchtens, das vom Brautpaar ausstrahlte. *Nicht Sterben und wehmütiges Bedauern ausdrückend. Die Gedanken, die uns eben noch gefangenhielten, waren böse Träume. Leben, Liebe und Glück sind die Wirklichkeit. Seht, noch liegt das Leben vor uns. Laßt es uns genießen, solange es währt.*

Die starren Reihen lockerten sich, lösten sich auf in einzelne Figuren, wandten sich hierhin und dorthin, bildeten ein neues Muster und stürzten sich dann, ein summender Schwarm, auf das Brautpaar.

»Einen Kuß der Braut – bekommt denn der Bräutigam keinen?«

»Meinen Glückwunsch, Mark! Paß gut auf sie auf.« –

»Sogar auf der Diele konnte man dich hören, Mark.«

»Sag doch Sigrid ein freundliches Wort, Liebe, sie hat all die Brötchen gestrichen.«

»So schön war's, Miß Sally – o Verzeihung – Mrs. Gallatin –«

»Wie kommst du dir denn vor, Sal, als Mrs. Gallatin? Noch eine Mrs. Gallatin? Jetzt gibt es schon drei Mrs. Gallatins – zu komisch.«

»Kinder, ihr haltet ja alles auf.«

»Jake, der Champagner – fang bitte an, einzuschenken. André wird dir helfen. Ja, in der Anrichte. Und vergiß die Brötchen nicht. Chrissie, mein Liebes, geh doch bitte mit!«

»Danke, danke. Ja, sind sie nicht ein schönes Paar?«

Deborah schüttelte geistesabwesend die Hände, ein starres Lächeln auf dem Gesicht. Sie war sich dessen bewußt, daß sie übertrieben liebenswürdig war, aber sie wollte ihre Nervosität verbergen. Und das gefrorene Lächeln sollte wettmachen, daß ihr Blick ständig durch den Raum irrte, damit ja alles auch seinen richtigen Verlauf nahm, damit sie nichts übersah. War der Pfarrer schon gegangen? So schade, daß er nicht zum Essen bleiben konnte! Das Air von Feierlichkeit hätte dann noch angedauert und wäre ihr eine Hilfe gewesen. Diese vielen Verabschiedungen, bei denen man jedem ein nettes Wort sagen mußte, zehrten an ihrer Kraft. Sie hatte das Gefühl, in Scheiben geschnitten zu werden, in schmale lächelnde Scheiben, zuckrige rosa Wassermelonenteilchen. Weshalb mußte man sich in Melonenscheiben zerschneiden, um Menschen zu füttern, überlegte sie. Reichten die Brötchen und der Champagner denn nicht bis zum Souper?

Natürlich blieben nicht alle zum Souper. Hätte sie alle bitten sollen? Nein, dafür war der Tisch nicht groß genug. Aber es gab genug Brötchen und Champagner. Sie hatte mit überzähligen

Gästen gerechnet und reichlich vorgesorgt. Es schien auch alles zu klappen. Bis jetzt nur ein zerbrochenes Glas, soweit sie sehen konnte. Weshalb mußte es gerade das Kleid der alten Mrs. Gallatin treffen? Nun ja, es war beinahe ausgestanden. Die nicht zur Familie gehörten, verliefen sich allmählich. Nur ein paar Unentwegte mußte sie noch verabschieden.

»Vielen herzlichen Dank. – Ja, das finden wir auch, selbstverständlich. – Ich bin so glücklich, daß Sie kommen konnten –« Jetzt waren nur noch die Essensgäste da. Deborah zählte rasch die Anwesenden – sie bildeten kleine Gruppen. Hier die Gruppe um das Brautpaar; alle jungen Leute und die Kinder drängten sich um die beiden. Dort die Gruppe, die um die alte Dame auf dem Sofa Platz genommen hatte. Deborah war froh, daß wenigstens andere sitzen konnten; ihr taten die Füße weh.

Wie lange noch, bis sie ihre Gäste im Eßzimmer hatte, bis sie friedlich aßen? Dann war sie die Verantwortung los. Jedenfalls die Hauptlast. Sigrid machte ihr bereits Zeichen von der Tür her: sie mußte John einen Wink geben – oder Vater – oder Sal? Ja, Sal und Mark mußten den Anfang machen.

Dann plötzlich – wie oder weshalb blieb ihr unerfindlich – kam Bewegung in die Gruppen. Die Paare strebten der Tür zu, zuerst Sally und Mark, langsam und ziemlich verlegen, Sal an Marks Arm. Alle blieben stehen, um sie eingehend zu mustern.

Wie oft würden sie das noch tun? Deborah spürte wieder einen Kloß in der Kehle. Wie oft würden sie Arm in Arm gehen, aber dies war das erstemal. Sie würde es nie vergessen; sie alle würden es nie vergessen, dachte sie und folgte ihnen.

Das Essen war vorzüglich, stellte Deborah fest und konnte endlich aufatmen. Ihre Gäste waren mit dem Essen beschäftigt. Erleichtert und mit großem Appetit stürzten sie sich auf die Speisen, als wären sie am Verhungern. Als kämen sie von der Feldarbeit, dachte Deborah, und nicht von einer Familientrauung.

Erhebende Augenblicke setzten einem eben zu. Hinterher war man immer heißhungrig. Auch nach Konzerten erging es einem so – welch ein Sturz aus den schwindelnden Höhen des Geistes. Aber es war unvermeidlich. Ein Ausschlag des Pendels, als fürchteten sich die Menschen, wenn sie der Erde zu weit entrückt waren, als bedürften sie dann der leiblichen Stärkung.

Es freute sie, daß ihre Gäste das Souper genossen. Das köstliche Souper – gerade die richtige Menge Sherry in der Suppe, das Steak nicht zu scharf gebraten, der Salat vor dem Anmachen ordentlich getrocknet – gut gemischt. Kein Tropfen Wasser.

Nun endlich wurde man belohnt für die vielen Stunden des Planens und Vorbereitens. Leben kam in die Tischrunde, Stimmen erhoben sich, Wangen färbten sich rosig. Wie leicht waren sie zufriedenzustellen, wie Kinder. Satte Zufriedenheit strahlten sie aus. Deborah empfand tiefe Genugtuung. Ich habe sie genährt, ich habe sie wieder lebendig gemacht.

Aber, so schien es ihr in dieser wohltuend entspannten Atmosphäre, es war nicht nur das Essen. Nicht nur die Gesichter und Augen leuchteten, die Gäste wurden von innen her lebendig. Sie wirkten gelöst, wurden wieder mehr sie selbst – die Kinder fast zu sehr. War es richtig, daß sie sie allein da drüben in der Ecke placiert hatte? Wie Papierdrachen hampelten sie herum, in fröhlicher Ausgelassenheit.

Und die Erwachsenen – sie ließ den Blick den Tisch entlanggleiten bis zu John am anderen Ende – waren alle wieder sie selbst. Nur ein klein wenig *besser* als sonst, dachte Deborah. Sie waren aufgeschlossen, schwatzten und fanden Kontakt, selbst die, welche ihr Kopfzerbrechen bereitet hatten, weil sie so wenig zueinander paßten. Tante Harriet hörte Albert zu, Spencer neckte Henrietta. War es nur der Champagner? Oder zeigten die Menschen sich bei Hochzeiten von ihrer besten Seite?

Nur am Tisch der Braut, so bemerkte sie über Alberts weiße Mähne hinweg, schien man sich seltsam reserviert zu verhalten, betont manierlich. Vielleicht war das Brautpaar zu verlegen, fühlte aller Augen auf sich gerichtet, versuchte seiner wichtigen Rolle gerecht zu werden? Oder lag es am Alter? Waren sie noch so jung, daß sie sich ihrer nicht ganz sicher waren, sich in Förmlichkeiten flüchteten?

Wie lange braucht man, um zu lernen, wer man ist, seufzte Deborah, bis man sich der eigenen Form angepaßt und sie akzeptiert hat. Hatte sie selbst je richtig –?

»Was denkst du, meine Liebe?« Wohlwollend beugte Albert sich zu ihr herüber. »Du solltest sehr glücklich sein.«

»Ich dachte eben«, sagte sie in einem Anflug von völliger Offenheit, »wie lange man braucht, um sich selber kennenzulernen.«

»Ah, das ist etwas, was ich nie gelernt habe«, sagte Albert, und sein bescheidener Ton verblüffte sie.

»Aber in der Musik doch ganz gewiß?«

»Oh, in der Musik ist man soviel mehr man selbst. Oder vielleicht sollte ich es gerade umgekehrt sagen. Man ist soviel weniger man selbst, denn die Musik ist alles; alles, was zählt. Die eigene Person spielt keine Rolle. Deshalb lernt ein Künstler sich selbst nie genau kennen – ein schöpferischer Künstler. Natürlich«, fügte er hinzu und warf einen Blick auf seinen Bruder, der ihm gegenübersaß, »die verhinderten Künstler, die lernen sich kennen. Sie geben sich jedenfalls die größte Mühe, verbringen ihre ganze Zeit mit Selbstbetrachtungen und sehen kaum etwas anderes.«

In diesem Augenblick trennte sie das Steak, das zum zweitenmal serviert wurde, und Albert konzentrierte sich auf seinen Teller.

Die verhinderten Künstler, dachte Deborah. Ja, zu denen gehörte sie auch. Sie hatte malen oder schreiben oder Klavier spielen wollen. In undeutlichen Vorstellungen sah sie sich als Künstlerin; ein Traumbild, dem sie nachweinte. Aber es war nie mehr als ein Traum gewesen. Dies hingegen, all dies – sie betrachtete ihre Umgebung wie man ein Gemälde betrachtet – die Farben, die Lichter und Schatten – wie wirklich war das! Die Bauernrosen in Mutters antiker Kristallvase, die brennenden Kerzen in Vaters alten Leuchtern, deren Flackern in Weingläsern, auf Tellerrändern, im Silber, auf dem Damasttischtuch und schließlich in Augen und auf Lippen widerspielte.

Wirklich? Beinahe überwirklich, das Bild leuchtete so eindringlich wie ein Ährenfeld unter den letzten Strahlen der Abendsonne. Bedeutete ihr das nicht mehr – dieses Bild geschaffen zu haben? Mit unendlicher Sorgtalt die Teile zusammengefügt, dieses gut geheißen, jenes verworfen zu haben? All die vielen Dinge ergaben mosaikartig ein vollkommenes Ganzes. Die Krebssuppe, das antike Kristall, die Sitzordnung. Sie hatte die genaue Sitzordnung erdacht, die notwendig war, um ihre ungleichen Gäste zu einer harmonischen Gemeinschaft zu verschmelzen, um eine gelöste Unterhaltung in die Wege zu leiten. Dank ihrer Bemühung waren sie frei geworden und hatten sich gefunden – etwas mehr als sich selbst.

Ihr, so erkannte Deborah, verdankte man einen neuen Funken – ein Band, ein Einverständnis, eine Möglichkeit, Gedanken und Gefühle auszutauschen. War das nicht ein schöpferischer Akt? Ebenso schöpferisch wie die vollkommene Wiedergabe eines Rachmaninoff-Prélude, um die sie einst gerungen hatte. Mehr noch, es war ihre eigene Schöpfung, denn niemand anders hätte sie vollbringen können. Es war ihre Leistung – ihr ureigenes Kunstwerk.

Dessen war sich Deborah gewiß. Aber da war noch etwas anderes in dem Bild, das sie entdecken mußte. Etwas, das für sie bedeutungsvoll war, das eine geheime Botschaft für sie enthielt. Und sie verlangte zitternd nach dieser Botschaft, wie vor einem Bild in einem Museum oder in einem Konzert oder wie in jener Nacht, als sie Vater vom »Strom« hatte sprechen hören. Sie war überzeugt, daß sie nur genug Geduld aufbringen mußte, damit das Geheimnis sich ihr offenbare.

Deborah blickte wieder über den langen weißen Tisch zu ihrem Mann am anderen Ende. Zwischen den Reihen der Verwandten wirkte er fern und sehr klein, wieder so klein und menschlich wie beim Hochzeitsmarsch. Dennoch sah sie ihn neu, wie manchmal, wenn sie ihn in einem überfüllten Raum sah und in jähem Erstaunen den Fremden erkannte, den sie geheiratet hatte. Welch vornehmes Gesicht dieser Mann hatte, wie fein modelliert! Wie verbraucht er aussah, aber auch, ja, wie vornehm, ihr Mann, John!

Und er beherrschte sein Tischende, stellte sie belustigt fest. Er lauschte aufmerksam, er achtete darauf, daß die Speisen weitergereicht wurden, er warf ihr, Deborah, hin und wieder einen anerkennungheischenden Blick zu. War es möglich, daß er ihr gefallen wollte? Sie war es so sehr gewöhnt, sich als den schwächeren Teil zu sehen, sich auf ihn zu stützen, daß der Gedanke, John könne sich vielleicht manchmal auch auf sie stützen, sie wie ein Schlag traf. Die Gewichtsverlagerung gab ihr ein Gefühl der Stärke, der Stärkung ihrer Persönlichkeit. Sie trug ihre Last, John und sie trugen sie gemeinsam. Eine ebenbürtige Partnerschaft, die sie zuvor noch nie empfunden hatte.

Sie spürte das feste Band zwischen ihnen und wie es die Verwandten zu beiden Seiten zusammenhielt: Großmutter und Großvater, Onkel und Tanten, Kinder und Enkel. Vergangenheit und Zukunft waren überbrückt, durch sie miteinander verbunden – durch sie und John. Zum erstenmal wurde sie sich der Einheit der Familie bewußt, deren Bindeglieder sie beide waren.

Das *altmodische* Wort »Ehegemeinschaft« kam ihr von weither in den Sinn. *Gemeinschaft*, das war es, was sie zusammen hatten. Und vielleicht war das der Sinn der Ehe, nicht der Austausch, nach dem sie immer suchte. Gemeinschaft – Gemeinsamkeit – gegenseitiger Austausch: vielleicht gehörten diese Begriffe enger zusammen, als sie glaubte. All das war ihr gemeinsames Werk, das sie gehütet hatten – war das nicht eine Art Austausch? Im Augenblick schien es ihr genug, ein Ausgleich für so viele Alltage, die sie mit eintönig sich abspulender Schnur verglichen hatte. Es gab ihrem Leben einen Sinn.

War dies das »wirkliche Leben« – das wirkliche Leben, über das sie immer grübelte und nach dem sie immer suchte; das aller Äußerlichkeiten entkleidete Leben, endlich klar und lebendig, nicht eingeschlossen in einem chaotischen Lavastrom? Das Erz des Lebens war mit einem Mal sichtbar, die schmale Goldader, nicht verschüttet wie üblich, um unter Mühen ausgegraben zu werden, sondern freiliegend, unmittelbar zu erkennen und funkelnd.

Sie konnte diesen essentiellen Lebensnerv sehen und die Vielzahl seiner Spielarten deutlich unterscheiden, als sie nun die Gesichter um den Tisch eines nach dem anderen betrachtete: in Vaters weiser Abgeklärtheit, in Tante Harriets Herbheit und in Frances' Willenskraft; in den erwartungsvollen Gesichtern der Kinder und in Sallys alles überstrahlendem Leuchten.

Dieser zarte Lebensfaden, der so reichhaltig, so vielfältig, so schön war, spann sich vom einen zum anderen. Sie spürte die geheimnisvolle Kontinuität, die sich in den Kindern erneuerte, und die sich nun weiterspann durch Mark und Sally, aber immer durch sie, Deborah, hindurch, von ihr genährt. Und sie wußte, daß sie ohne sie weitergehen würde, wie sie ohne ihre Mutter weiterging. Aber sie, Deborah, das Einzelwesen, das Individuum, war Teil davon gewesen, davon genommen, dazu gegeben, beinahe unbewußt.

Wo war sie diesem Gedanken schon einmal begegnet? In einem Buch, in einem Traum, in einem Zitat? *Unbewußt – mühelos*, sie suchte nach der vertrauten Zeile, dem Bruchstück einer Melodie, die ihr entfallen war.

Oh, nun fiel es ihr wieder ein, es war Vater – und der Strom. Wenn du in ihm bist, hatte er gesagt, nährt er dich, und du schöpfst aus ihm. Alles, was du tust und gibst, ist der Strom, der durch dich hindurchfließt. Ob es das war? Den Strom des Mitleids hatte er ihn genannt, der die Welt nährt. Vielleicht war es so. Vielleicht, dachte sie; und auf der Woge der Überzeugung stieg ein Glücksgefühl in ihr auf. Ja, das stimmte, das war wahr. Sie hatte eine weitere Stufe erklommen, und sie spürte es fast mit allen Sinnen. Sie fühlte sich größer – oder, nein, eigentlich stärker – oder vielleicht reifer? Es war einer jener Augenblicke im Leben, in denen man sich bewußt ist, daß man eine Schwelle überschritten hat und in ein neues Stadium eingetreten ist. Eine Kleinigkeit, belanglos, aber unverkennbar wie das Geräusch einer sich öffnenden Tür, konnte einem diese Gewißheit vermitteln: das Aufstecken des Haares oder der Kuß nach der Tanzstunde, oder wenn man zum erstenmal Mrs. McNiel genannt wurde, und jener Morgen im Krankenhaus: »Ja, es ist ein Mädchen.« Auch dieser Augenblick, sie fühlte es – war ein Reifwerden.

Sie durfte ihn nie vergessen! Oh, sie durfte diesen Augenblick nie vergessen; denn endlich war sie, wenigstens einen Augenblick lang, Teil des Stroms.

»Wir sind zu diesem höchst feierlichen Anlaß zusammengekommen ...«

Albert schob seinen Stuhl zurück und erhob sich, das Champagnerglas in der Hand.

Frances konnte seinen Worten nur mit Mühe folgen. Sie war mit den Gedanken noch immer beim Trauungsgottesdienst oder vielmehr bei jenem Augenblick kurz danach, als sie plötzlich sprachlos Mark gegenübergestanden hatte. Mutter und Sohn hatten sich schweigend angesehen. Ein langes, stummes Gespräch, Auge in Auge: *Liebling, es ist vorbei – Du hast es großartig gemacht – Es ist wunderbar – Ich weiß – Keine Sorge, zwischen uns stimmt alles – Adieu.*

Und dann war der Augenblick vorüber, kurz, aber wirklich wie eine aufgerissene Tür. Unmittelbar, jäh, aber unwiderruflich wie ein Blitzstrahl, dieser Ausdruck auf Marks Gesicht, glückstrahlend, zutiefst von der Richtigkeit seines Tuns überzeugt. Was sah er in der Zukunft? Was wußte er von der Vergangenheit? Mehr als sie glaubte? Was besagte dieser wie ein Blitz leuchtende Blick? Es lag eine Gewißheit darin, die sie nicht abstreiten, aber auch nicht in Worte fassen konnte, zumindest noch nicht, nicht jetzt, nicht während Alberts Tischrede.

»... ein vollkommener Anlaß, ein vollkommenes Paar ... vollkommenes Glück ...«

Welch eine Art, die Dinge zu sehen, dachte Frances. Glaubte Albert es noch immer, nach dem dritten Versuch? Glaubte es irgendeiner von ihnen? Dachten sie nicht alle an sich und an das, was sie sich von ihrer Ehe erhofft hatten – sie und Deborah, Albert und Don? Bedauerte nicht jeder von ihnen etwas anderes, erhoffte sich nicht jeder von ihnen etwas anderes – Tante Harriet und Theodore, Beatrice und Pierre? Auf wen oder was würden sie jetzt alle anstoßen? Auf eine glückliche Ehe, das jedenfalls konnten sie alle dem Brautpaar wünschen.

Aber letzten Endes, dachte Frances und betrachtete dabei die aufmerksamen Gesichter, verstanden die Menschen unter einer glücklichen Ehe immer eine vollkommene Ehe. An die vollkommene Ehe glaubte sie nicht mehr, ebensowenig wie an vollkommenes Glück. Das war nur ein Traum, und je früher man das einsah, um so besser. Sentimentalität machte alles nur schlimmer. Im Anfang war man immer sentimental, faselte Banalitäten wie Albert bei seiner Tischrede, oder benahm sich wie Mark, der gerade eben erst Sallys Arm mit theatralischer Geste ergriffen und sie unter den Blicken aller Anwesenden zu Tisch geführt hatte.

Welch ein Theater, dieses feierliche Stufen-Hinanschreiten, Sally weibchenhaft auf Marks schützenden Arm gestützt wie auf einem viktorianischen Stich. Mit Ehe hatte das nichts zu tun, das war nur eine Bilderbuchpose. Nie würde es so sein, nie wieder würden sie so zur Tafel schreiten. Sally würde in Blue-jeans in der Küche stehen, neben sich das an seinen hohen Stuhl geschnallte Baby, das brüllend sein Essen heischte. Und in der Waschmaschine – wenn sie überhaupt eine besaßen – wirbelten die Windeln, und auf dem Herd brannte das Essen an. Sal würde das ganze Tohuwabohu überschreien: »Komm und hol dir deine Portion, Liebling!«

Aber *Liebling* würde sie ihn noch immer nennen, dessen war sich Frances ziemlich sicher, und Mark würde auch mitten in dem Tohuwabohu stehen, ein Kind baden oder den Fußboden schrubben oder die trockene Wäsche vom Rasen holen. Er hatte es als kleiner Junge für sie getan, er würde es auch für Sally tun. Mochte diese Generation sich auch anschreien, sie schuftete gemeinsam, um die Aufgabe zu bewältigen, die ihr gestellt war. Eine Ehe verschwand nun einmal meist im grauen Staub des Alltags. Aber Vollkommenheit wollen wir es wenigstens nicht nennen, murmelte Frances mit Nachdruck und erhob sich wie alle anderen im Raum, wo man im Augenblick nur das Gescharre zurückgeschobener Stühle hörte.

Nein, Sally und Mark waren kein vollkommenes Paar, und es stand ihnen auch kein vollkommenes Glück bevor. Ihnen standen alle Unvollkommenheiten bevor, die auch alle anderen durchzumachen hatten. Und doch hob Frances wie die anderen feierlichen Tischgäste ihr Glas und trank einem undefinierbaren Traum zu, teilte eine undefinierbare Hoffnung.

Worin bestand die Übereinkunft all dieser Menschen hier, fragte sie sich und betrachtete ein Gesicht nach dem anderen. Denn trotz ihrer Verschiedenheiten stimmten sie alle in diesem Augenblick überein. Deborah, in deren Augen die Tränen standen; Tante Harriet, die kaum an ihrem Glas nippte; Theodore, der in die Ferne starrte; Don, der ihr über sein Glas hinweg Augen machte (auf keinen Fall wollte sie sich mit ihm einlassen).

Und dann John, neben ihr, ein so ernster, kantiger Mann. Was mochte in ihm vorgehen? Sein unbewegliches Gesicht verriet nichts. Gott sei Dank war sie nicht mit ihm verheiratet. Stephen war wenigstens –

Hegte sie wirklich so warme Gefühle für ihren Mann? Frances warf ihm über den Tisch hinweg einen Blick zu. Die Maske war gefallen, und er gab ihr einen heiteren, zärtlichen Blick des Einverständnisses zurück.

Eine plötzliche Einsicht tat sich auf. Ja, Stephen konnte sie zur Verzweiflung bringen, ihr das Leben sauer machen, aber er war feinfühlig, auch wenn es meist nicht offenkundig wurde. Aber wenn es aufblitzte, wenn er einmal in der Woche einen herzbewegenden Satz von sich gab, einen herzbewegenden Blick, dann konnte man davon leben.

Und deshalb, erkannte sie mit dem untrüglichen Gefühl der Sicherheit, während sie wieder Platz nahm – deshalb würde sie ihn nie verlassen. Diese Augenblicke wogen alle anderen auf. Zumindest für sie. Und um die Augenblicke, die zählten, zu bestimmen, mußte man das Leben nach seinen eigenen Maßstäben messen. Das konnte kein anderer für einen tun, niemand konnte einem seine Maßstäbe anbieten. Nicht einmal eine Freundin wie Beatrice. »Du siehst das Leben nicht, wie es wirklich ist«, sagte Beatrice immer. »Und du siehst auch Stephen nicht so, wie er ist.«

War das Bild, das sie sah und Stephen vorhielt, etwa falsch? Frances hatte einmal gelesen, eine Beziehung zu einem anderen Menschen sei ein Spiegel, den man dem Partner vorhielt, damit er sich darin sehe. Aber gab der Spiegel ein getreues Bild wieder? War es nicht vielmehr ein Porträt, auf dessen Hintergrund, wie auf gewissen Bildern der italienischen Renaissance, all die Möglichkeiten erschienen, die dem Dargestellten offenstanden? Was man für den anderen erblickte, war der gewundene Weg, den er vielleicht einschlagen, der ferne Berg, den er vielleicht noch besteigen würde, der schimmernde Hafen, in dem er vielleicht jetzt die Segel setzte, um die frische Brise zu nützen.

Aber wie konnte man dies alles sehen und nicht enttäuscht sein, wenn es nie Wirklichkeit wurde? Erfüllte das Geschaute sich nicht, dann kam man sich genarrt vor. War der visionäre Moment eine Illusion, der man niemals nachleben konnte?

Der Moment des Trinkspruchs, den sie eben erlebt hatten,

war er unwirklich? All die Gesichter der hier Versammelten, die alle an etwas glaubten, all die so tapfer ausgesprochenen Hoffnungen – waren sie falsch?

Das konnte nicht sein! Frances stellte ein wenig überrascht fest, daß etwas in ihr dagegen aufbegehrte. Trotz Alberts kitschiger Rede, trotz dem theatralischen Auftritt des Brautpaars, trotz der Tränen in Deborahs Augen war der Moment des Trinkspruchs echt gewesen. In ihm war ein Element, das nichts Illusorisches hatte; ein Kern der Wahrheit, den ihr Zynismus nicht zerstören konnte; eine Lichtquelle der Intensität, die alle Gäste im Raum in einem Strahlenkegel umfing.

Es war, so grübelte sie auf ihrer Suche nach dem tieferen Sinn weiter, als ruhe inmitten aller Unvollkommenheiten ein Samenkorn der Vollkommenheit und als bringe dieser Moment es zum Vorschein: der Moment des Trinkspruchs, der Moment sich begegnender Blicke, geteilter Hoffnungen – der hochzeitliche Moment.

Und das Brautpaar – Frances sah es nun unter einem neuen Blickwinkel. Das Brautpaar war die Verkörperung dieses Moments. Es posierte nicht mehr; es beugte sich über den Hochzeitskuchen, Mark hielt Sallys Hand fest, damit sie nicht zittere. Das Glück des Brautpaars erfüllte die Luft, durchdrang die Hochzeitsgäste, heilte die Wunden am Leib der menschlichen Gesellschaft. In diesem Moment überflutete die Liebe dieser beiden wie eine gewaltige Welle den ganzen Raum und alle Anwesenden. In solchem Element, so schien es Frances, konnte man sich mühelos bewegen, als habe man plötzlich den richtigen Nährboden für menschliche Beziehungen gefunden, den Nährboden für das Leben selbst. Dann brauchte man sich nichts mehr zu wünschen, nicht einmal, wie sie es immer tat, daß es ewig währe.

Kam das zum Teil daher, weil man wußte, daß der Moment nicht von Dauer sein konnte? Gab man sich deshalb seiner Flüchtigkeit hin? Man fand Berührung mit dem Nächsten in einem Einklang der Gefühle, aber nur eine sehr leichte Berührung. Man teilte, grüßte sich, zog aneinander vorüber, forderte nichts.

Sie forderte von Menschen und Anlässen immer viel zuviel. Sie stellte zu hohe Erwartungen, jagte nach Vollkommenheit und verzweifelte dann, unvermeidlich, ob der Enttäuschung.

Hatte sie das nicht ihr ganzes Leben lang getan? Was gab ihr das Recht, über Alberts Trinkspruch und über Deborahs Tränen zu lächeln? Auch sie ließ noch immer nicht vom Traum der Vollkommenheit, sie hatte ihn mit Stephen verwirklichen wollen und war gescheitert, sie hatte mit einem Liebhaber danach gesucht und war enttäuscht worden. Und nun, eine letzte Möglichkeit, erhoffte sie Vollkommenheit für ihren Sohn.

Die Vision der Vollkommenheit, hier sah sie sie wieder vor sich. Viele Möglichkeiten taten sich auf – mußte sie ihnen entsagen? War es falsch, an sie zu glauben?

In der kristallklaren Sicht dieses Augenblicks glaubte sie ihre tiefsten Gefühle prüfen, in sich selbst und in ihrem Leben das Echte vom Falschen unterscheiden und endlich die Antwort finden zu können. Nein, sie wußte es ganz gewiß: Die Möglichkeiten waren vorhanden, und es war richtig, nicht die Augen vor ihnen zu verschließen. Ihr Fehler lag anderswo, vielleicht im Fordern. Man mußte die Möglichkeiten im anderen sehen, nicht aber ihre Verwirklichung fordern. Man mußte glauben, aber nicht erwarten; sehen, aber nicht zupacken. Wie schwer würde ihr das fallen, die sie stets die Dinge durch Willenskraft erzwingen wollte!

Sie würde lernen müssen, daß sie weder für Stephen noch für Mark das Bild verwirklichen konnte. Hatte sie das denn nicht begriffen, als sie Stephen beim Malen zusah? Auf diese Weise kam nichts Schöpferisches zustande. Ein Kunstwerk ließ sich nicht durch Tricks oder Willenskraft erzwingen. Es mußte wachsen, und Wachstum – hatte sie das vergessen? – veränderte die Dinge. Die Frucht erwuchs aus der Blüte, das Kunstwerk aus der Eingebung, das Kind aus dem Augenblick der Verzückung. Man konnte nicht voraussehen, wie sie wachsen und welche Form sie annehmen würden. Man konnte sich nicht an die eigene Vorstellung klammern und verlangen, daß sie auf eine bestimmte Weise Wirklichkeit wurde oder in einem bestimmten Stadium zu wachsen aufhörte. Das Verharren war der Tod der Dinge, das sagte ihr dieser Moment. Ließ man ihnen freien Lauf, machte man sie für die Ewigkeit frei – in einer anderen Form.

Sie konnte Mark das Glück nicht geben. Das hatte sie sogar gestern nacht gefühlt. Sie mußte es ihn auf seine Weise finden lassen. Man konnte seinen Kindern nur Hinweise geben: einen Leitfaden, einen Lichtspalt, einen Schlüssel zu einer verschlossenen Tür. Schließlich waren Eltern nichts anderes als Türhüter. Man konnte den Kindern vielleicht eine Tür öffnen, die einem selbst versperrt gewesen war. War es das, was sie in Marks Blick gelesen hatte? So viel konnte man für den anderen tun. Kraft der Aufrichtigkeit, kraft des Einfühlungsvermögens konnte man vielleicht eine Tür öffnen, durch die man selbst nie gegangen war; einen Weg weisen, den man für sich selbst nicht früh genug gefunden hatte.

Ah – jetzt war sie wieder an der Stelle, die sie in der vergangenen Nacht erreicht hatte. Da war die Lichtung im Dickicht, die besonnte Wiese, auf der sie innehalten und ausruhen und schlafen konnte. Dieser Lichtspalt im Waldesdunkel gab einem die Kraft, sich aus der schrecklichen Verkettung menschlichen Fehlens zu befreien.

Es mußte nicht sein, daß Mark eine Ehe führte wie sie – endlich verstand sie seinen Blick. Mark war nicht Stephen, Sally nicht Deborah. Sie würden sich ihre eigene Zukunft bauen.

Aber sie mußte nun abseits stehen. Sie alle mußten dieses Traumpaar sich selbst überlassen, damit es seine eigene Wirklichkeit gestalte, unbekümmert und unbehindert von den Hoffnungen und Ängsten anderer Menschen. Nur dann hatten die beiden eine Möglichkeit, etwas Eigenes zu schaffen.

Eine Möglichkeit – und hierin, zum erstenmal begriff sie es, lag die wahre Bedeutung des Moments, dessen Zeugen sie alle waren. Das Samenkorn der Vollkommenheit, auf das sie einen flüchtigen Blick tun können, war nichts anderes als dies: die Möglichkeit zu schöpferischem Handeln. Es war dieses Samenkorn, dem der Trinkspruch galt, nichts anderes. Durch den Trinkspruch erkannten alle diese Möglichkeit an, aber sie bekannten damit auch, daß es ihnen nicht gegeben war, sie zu verwirklichen. Es lag am Brautpaar, etwas daraus zu machen. Und was es daraus machte, würde sein Geheimnis bleiben, eine verborgene Ernte, die den Hochzeitsgästen vielleicht nie zu Gesicht kam.

Aber dieser Moment spielte sich vor aller Augen ab. Er war inhaltsträchtig wie ein Samenkorn. Das Samenkorn war es, auf das sie ihre Hoffnungen setzten und dem sie zutranken – und das sie sich selbst überließen. Denn der Trinkspruch war Anerkennung und Verzicht, Willkomm und Abschied zugleich. Und so betrachtet, war er letzten Endes ein Akt des Glaubens. Es war der Akt des Glaubens, der sie alle zusammenführte und eins werden ließ.

Denn in diesem Moment waren sie vereint, das fühlte Frances, als sie die leuchtenden Gesichter betrachtete. Die Anwesenden waren wie Ordensleute oder wie die ersten Christen, Augenzeugen eines Wunders. »Seid ein Leib, so steht geschrieben«, sie meinte das alte Kirchenlied zu hören, »eins im Glauben, Hoffen, Lieben.«

Ja, in diesem Moment liebte sie sie alle: ihren Mann und ihren Sohn, ihre Schwiegermutter und ihre neue Tochter. Da gab es kein Zurückhalten und kein Vorgreifen. Sie hatte keine Feinde, und alle ihre Sünden waren ihr vergeben. *Geliebte im Herrn* – ja, es war wahr – sie waren zusammengekommen. Und gewißlich aus diesem einen Grund: um die Inhaltsträchtigkeit des Samenkorns zu bezeugen. Nicht die Fortdauer oder die Verwirklichung, nicht einmal die Erneuerung, nach der die Eltern trachten, sondern etwas anderes – etwas Namenloses, Neues, Unbekanntes, Ewiges.

Bis in alle Ewigkeit? Die vertrauten Worte aus dem Trauungsgottesdienst klangen ihr noch immer im Ohr. *Von diesem Tage an.* Die Worte hatten keinen Sinn – oder hatten sie vielleicht jetzt für sie zum erstenmal einen Sinn bekommen? Aber neue Worte fand sie immer nur durch Zufall, wie junge Grashalme lugten sie zwischen den dürren Stoppeln und Blättern des vergangenen Jahres hervor. Hier – jetzt – lebendig – wahr: dies ist das ewige Leben.

»Da kommen sie!« erscholl es.

Die Gruppe am Fuß der Treppe, die auf das Brautpaar wartete, quoll die Stufen herauf. Jeder wollte den ersten Blick erhaschen. Die kleineren Kinder zogen sich am Geländer hoch.

Die älteren Leute, die nach dem Souper im Wohnzimmer Mokka tranken, brachen die Unterhaltung ab und begaben sich ein wenig besorgt in die Diele.

Aber sie sind doch eben erst vom Tisch aufgestanden, dachte Deborah bestürzt. Sie können doch nicht schon abfahren? Sally hat sich in ihrem ganzen Leben noch nie so schnell umgezogen. Für Mark natürlich –

Eine zugeworfene Tür, eilige Schritte auf der Diele. Am oberen Treppenabsatz stand Sally in ihrem blauen Kostüm, den Brautstrauß in der Hand. Einen Augenblick lang beugte sie sich zu den hochgestreckten Armen und emporgewandten Gesichtern hinunter.

»Aufgepaßt!«

Balgende Kinder und ein paar Schreie.

»Das ist ungerecht – sie hat ihn Chrissie zugeworfen.«

»Du wirst die Nächste sein, die uns verläßt, Chrissie!« rief Jake gönnerhaft. »Du wirst die Nächste sein.«

Nein, dachte Tante Harriet, die in einer Ecke der Diele stand, die Nächste, die euch verläßt, werde ich sein. Ihr wißt es nur nicht.

Durch einen Hagel von Reiskörnern und Konfetti stürmte das Brautpaar die Treppe hinunter. Sally mit aufgestelltem Kragen, das Haar mit den Händen bedeckend.

»Na, weißt du, Jake!«

»Komm, Sal.« Mark packte sie entschlossen am Arm. »Laß uns gehen.«

Mark! dachte Frances, als die beiden an ihr vorübereilten. Wie wichtig es ihnen war, fortzukommen! Nicht einen Blick in ihre Richtung, um sich zu verabschieden, nicht einen Blick! Aber schließlich hatte sie ihren Blick gehabt, und das genügte. Er mußte gehen. Er hatte ganz recht, er brauchte sie nicht. Andere brauchten sie, ihr Mann, ihre Tochter. Sie sah Phyllis in der Menge, die dem Brautpaar nachlief.

Jetzt waren sie draußen im Hof, dicht gefolgt von den Kindern.

»Sag mir auf Wiedersehen! Sag mir auch auf Wiedersehen!«

Aus dem wirren Lärm drangen jetzt einige erkennbare Laute: das heftige Zuschlagen einer Wagentür, das Aufheulen eines Motors, das Prasseln von Kies, als der Wagen anfuhr.

»Auf Wiedersehen, auf Wiedersehen!« Verhallende Rufe aus der Ferne. Scheinwerfer leuchteten auf, verschwanden im Dunkeln hinter der Biegung.

Die älteren Gäste standen regungslos in der Diele und blickten durch die offene Tür in die dunkle Nacht hinaus. Stumm warteten sie darauf, daß das Leben zurückflutete.

Dann hörte man lässige Schritte über den Kies kommen, ein paar Gesprächsfetzen: Die Jugend kehrte ins Haus zurück, heiter und ungerührt.

»Die haben sich aber rasch davongemacht. Wer hat denn überhaupt die Koffer verstaut?«

Die Haustür fiel zu, und ihr Dröhnen zerriß die schweigende Nacht draußen und die Stille im Haus.

»O Mutter!« rief Susie und schlang die Arme um Deborahs Hals. »O Mutter, ich will nicht, daß sie gehen. Ich will nicht!« Sie brach in Tränen aus.

»Ich weiß, Liebling«, sagte Deborah, »ich weiß.«

Weshalb brauste das Leben weiter und immer weiter? Und gerade eben noch hatte man geglaubt, man habe es festhalten können, um es wie ein Bild zu betrachten. Ihr Augenblick der Erleuchtung während des Essens war vorüber. Sie war sehr müde, und ihre Füße schmerzten – und Sally war fort. Sie wünschte, alle gingen fort, und sie wäre mit John allein.

Jetzt brachen die Gäste auf, bewegten sich in kleinen Gruppen langsam auf die Tür zu. Es war beinahe vorüber. Das machte es leichter, nun gab es etwas zu tun. Solange man etwas zu tun hatte, brauchte man nicht zu denken, fühlte man nichts. Aber wenn sie erst einmal alle fort waren –

»Auf Wiedersehen. Ja, es war wirklich eine wunderschöne Hochzeit, nicht wahr? – Also, vielen Dank. – Wir sind so glücklich über ihn. – Ja, ich bin überzeugt, die beiden werden auch glücklich sein.«

Was war es denn nur? Hatte sie etwas tun wollen? Sie wollte etwas unter den Händen spüren, ihre Hand auf etwas legen. Der nächste Schritt, der nächste kleine Schritt. Nur ein Fußbreit festen Bodens, sonst nichts. Was war es nur?

Deborah sah sich suchend um wie ein Kind, nach einem Zeichen, einem Platz oder einer Hand.

»John«, sagte sie und kehrte sich, plötzlich aufatmend, ihrem Mann zu. »O John!«

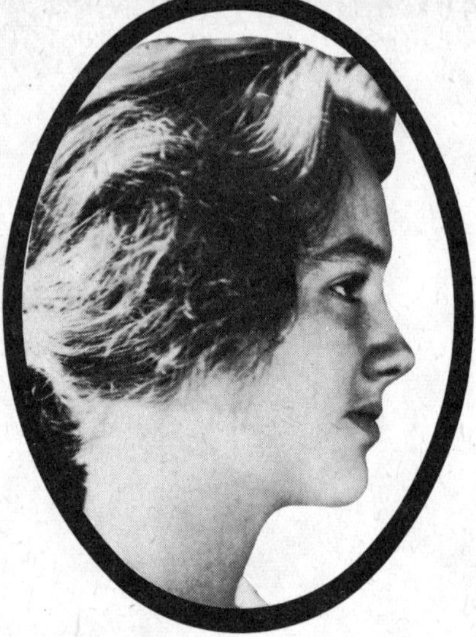

Gute Geschichten für Leser Geschichten für gute Leser

Piper

Herausgegeben von
Marcel Reich-Ranicki

Die umfassendste, vielseitigste Auswahl deutschsprachiger Geschichten des 20. Jahrhunderts: 239 Geschichten von 63 Autoren in 5 Bänden mit 2668 Seiten

An langen Wochenenden zu lesen

**Selma Lagerlöf:
Nils Holgerssons schönste Abenteuer mit den Wildgänsen**

**William Saroyan:
Ich heiße Aram**

**Denis Ronald Sherman:
Das Tellereisen**

**Dichter erzählen Kindern
Geschichten von 36 modernen Autoren**

Allgemeine Reihe dtv

dtv